コイモドリ
時をかける文学恋愛譚

浜口倫太郎

幻冬舎文庫

時をかける文学恋愛譚

koimodori

目次

晴渡家伝承能力「恋戻り（コイモドリ）」

一――女性に惚れると、時を遡ることができる。
能力の名を『恋戻り（コイモドリ）』と呼ぶ。

二――惚れた女性の名前をハガキに記し、
ポストに投函すると能力が発動する。

三――過去で過ごせる時間は一週間。
それを過ぎると、強制的に現在にひき戻される。

四――代々、晴渡家の長男のみが使用可能。
十八歳になると、コイモドリが使用できる。

五――ただし晴渡家の血筋の者ならば、
過去の旅への同行が可能である。

六――恋愛が成就し子供が生まれると、
コイモドリは使用できなくなる。

koimodori

企画協力　井上竜太（ホリックス／ホリプロ）
ＤＴＰ　美創

第一話　『こころ』夏目漱石

恋は罪悪ですよ。
そうして、
神聖なものです。

koimodori

1

海が、頭の上にある。

不思議だけど、僕にとっては何も不思議じゃない。だって上下逆さになって空中に浮かんでいるんだから。

ヨッと力を入れて、元の体勢に戻る。

さあここで自己紹介。

僕は天使です。

以上。あとはみなさんのご想像にお任せをと言いたいけど、どうせ、あれでしょ、あれ。天使の輪っかをした子供が、白い布みたいなやつ巻いて、羽をパタパタさせて、ラッパふいてる姿、イメージしてるでしょ。

あれ、ぜんぜん違うから。あるでしょ。歴史上の人物の肖像画が、実際とは異なるって話。あれの壮大バージョン。

本当の天使は大人の姿で、公務員みたいに地味な格好をしている。みんな、なぜか黒い腕カバーをして、午後五時にまっすぐ家に帰る。で、推しの天使の動画を見るの。でも間違ってないのは、頭の上に浮かんでいる天使の輪。あれだけは合ってるね。

僕は、中学校の制服のブレザーを着ている。ごめん。天使といったけど、本当は天使の見習い。天使中学校の、中学二年生男子です。

別に、僕のことはどうだっていいんだ。ぜんぜん何者かわからない奴がベラベラ語ってたら、みんな気持ち悪いじゃん。だから自己紹介しただけ。

僕の天使としての仕事は、とある人物を見守ること。そいつが、このお話の主役。じゃあ早速、そいつのところまで案内するね。

海岸の道を挟んだ向かいにある、大きな一軒家。その中の広めのキッチンに、そいつはいるよ。

スルッと壁を通り抜けて中に入る。まあ天使といっても、幽霊みたいな存在だから。どこでも出入り自由だし、人間には見えない。

あっ、いたいた。キッチンにあるテーブルで、二人の男と一人の女が食事をしている。

鮭の切り身と大根おろし、ほうれん草のおひたしと、なめこの味噌汁。木製のおひつに入れた、つやつやの白米。おひつの檜(ひのき)の匂いが漂(ただよ)ってくる。うまそうだね。

女が言った。

「珊にい、醤油……」

こいつは晴渡海香。この三人の中では一番年下。特徴は、うるさい、やかましい。はい、以上。

「どうぞ、海香」

海香が言い終わらないうちに、一人の男が醤油を渡す。

こいつは、晴渡珊瑚。

珊瑚の特徴は、たった一言。

イケメン――。

まあとにかく珊瑚はかっこいい。マジで。ほんとに。腹立つぐらい。

黒髪も肌もつやつやで、目鼻立ちがビシッと整っている。学校で黄金比って習ったけど、顔のパーツが黄金比で配置されてる感じ。

スタイルもよくて、身長も百八十センチ以上あるのに、顔は小ぶりで拳大サイズ。

天使でもこんなイケメン、中々いないよ、実際のところ。

ちょっと話がずれちゃった。海香も珊瑚も、僕の見守り対象じゃない。主役は、もう一人の男だ。

海香が注意した。

「時にい、ちゃんと寝癖直してよ」

最後の一人がこう返した。

「善処する」

こいつが、僕の見守り対象、この物語の主人公・晴渡時生だ。

海香の指摘通り、時生の後頭部がピョンと跳ねている。いつもこうなんだ。

時生はぬぼーっとした、なんだかしまりのない顔立ちだ。丸メガネも頼りなく見える。

ただ髪や顔よりも、問題なのは時生の格好だ。

絣の筒袖和服に袴を穿いている。着物姿だ。

中は、白いスタンドカラーシャツ。これは和洋折衷の、書生服っていうやつ。

明治時代の学生がしていた格好。これが、時生のいつものスタイル。念のために言っとくけど、今は明治時代じゃないからね。ガチガチの現代。

海香がむっとする。

「可愛い妹が毎朝注意してんのに、なんで直せないのよ」

時生が淡々と返す。

「可愛い妹という表現は、正確性に欠けている。誤謬だ」

「どこが正確性に欠けてんのよ」

「兄さん、正確な表現だとどうなるんですか」

珊瑚が訊く。

時生が海香をじっと見つめると、海香が居住まいを正し、やや体勢を傾け、自信のある表情を作ってみせる。海香のキメ顔のレパートリー、少なすぎ。

時生が声を抑えて言う。

「海香の可愛さは、感受性が超常的に発達した、一部の専門家のみが享受できる。彼らは美の定義から自由な翼で飛び立った好事家だ」

「悪口じゃん！」

海香が怒鳴る。

「それは違う。私は褒めている。海香に読解力がないだけだ」

「美の定義から自由な翼で飛び立った好事家って何？　羽生えた裸のおっさんが、パタパタと空を飛んでいくの想像したんですけどぉ。気持ち悪い！」

珊瑚が笑ってフォローを入れる。

「とにかく海香は、普通じゃないぐらい可愛いってことですよね。兄さん」

「うむ。大筋では問題ない」

時生が得意そうにうなずく。うん。ものは言いようだな。

「でも兄さんの語彙力はやっぱり見事です」

時生が身を乗り出した。

「やはり珊瑚もそう思うか。近頃脳髄の端々から、明星たる言葉があふれ出るのだ。編集者も手放しで誉め称え、読者諸君は、板垣退助の演説の聴衆もかくやとばかりに、熱狂の渦に巻き込まれるであろう」

海香がぶすっと言う。

「何が編集者よ。だいたい時にい、作家でもなんでもないじゃない。プロじゃないんだから。ただの作家になりたい人でしょ」

「……ぐうの音も出ない」

急所をえぐられたように、時生が打ちひしがれる。

晴渡時生は、作家を目指している。日々小説を書いて暮らしている男だ。そんな作家志望者を、ワナビと呼ぶんだって。

晴渡・ワナビ・時生と、密かにミドルネームをつけてる。僕は、まあまあ性格のよろしくない天使なのだ。

珊瑚が優しく尋ねた。

「小説の調子はどうですか？」

「……むっ、言葉は湯水のごとくあふれるのだが、それが物語へと昇華されない。珊瑚、文学とは難しいものだな」

「スランプですね。文豪にもよくあることだから」

「珊瑚は作家という人種を理解している。海よりも深く、山よりも高く」

海香が尖った声をぶつける。

「文豪と、小説の新人賞の一次審査も通らない人を一緒にすんなっていうのよ」

珊瑚がたしなめる。

「一緒だよ。兄さんもいずれ文豪と呼ばれる人になるさ。それが今か未来かの違いで、晴渡家に時間の概念はないだろ」

時生が浮かれて言う。

「まさにそれは薔薇色の未来。珊瑚、あとでとっておきの水飴をやろう」

「兄さん、ありがとう」

珊瑚が微笑み、海香がふくれっ面になる。

「珊にいは、時にいに甘いのよ」

そうそう、珊瑚は時生にとにかく甘い。まさに水飴のごとく。

長男・時生、二十八歳、次男・珊瑚、二十五歳、長女・海香、二十三歳——これが晴渡家の三きょうだい。

海香は兄が二人いるので、時生のことを時にい、珊瑚のことを珊にいと呼んでいる。

外見も性格も、みんなてんでんバラバラ。こいつらが、この近所じゃ有名なのも納得だね。

珊瑚がスマホを見た。

「今日はお客さんが三時に来るから、兄さん出迎えを頼みます」

「うむ。心得た」

時生がうなずいた。

「女性の一人客だからね。あの病気だけはやめてよね。わかった？」

海香の注意に、時生がむっと不機嫌になる。

「失敬な。何が病気だ。大丈夫に決まってるだろ」

いや、あれは病気でしょ、と僕も海香に賛同する。そして僕が時生を見守っているのは、その病気に関することなんだ。

朝食を終えると、今日も三きょうだいの一日がはじまる。

時生は玄関に行くと、暖簾（のれん）をかけた。そこには屋号（やごう）である、『海猫（うみねこ）』という文字が記されている。花浅葱色の麻の生地に、黒猫が描かれていた。

そう、この家は普通の家じゃない。旅館だ。旅館・海猫。

旅館といっても、規模は小さいよ。客室は五室ほど。

この三人とあともう一人、板前を加えて計四人。繁忙期は他に手伝いに来てもらったりするけど、普段はこの四人で切り盛りしている。

社長は珊瑚で、時生と海香は従業員。時生が長男だけど、こいつに経営なんてできっこない。

珊瑚の経営手腕はほんと凄い。海猫の一泊の値段は安くないんだけど、常に満室だ。ネットやＳＮＳでの集客、グッズ販売、あといろいろ。珊瑚は地元でも頼りにされている。顔役ってやつ。

世が世ならば、珊瑚は大本営の作戦立案参謀だ、と時生が言っていた。意味はわかんないけど、マジ凄えってことでしょ。ニュアンスは伝わる。

ルックスも性格も頭もいい。神様、ちょっと珊瑚にサービスしすぎじゃないですかね。

そうそう、海猫の場所も紹介しておこう。僕、観光ナビゲーターみたいじゃないですか。

神奈川県三浦郡葉山町――。

人口は約三万人。相模湾に面してる。

明治から昭和にかけては、皇族や政治家、財界人の別荘地だった。まあセレブのリゾート地ってやつ。

茅ヶ崎、藤沢、鎌倉、逗子、そして葉山。この辺り一体は湘南と呼ばれてる。

葉山は近くに駅がないので、他の湘南地域と比べると、すっごい静か。だから住民も、おだやかな人が多いね。

ちょっと空に上がって、説明してみよう。一人衛星写真。

海猫の、道を挟んだ向かいが真名瀬海岸。

観光客が訪れる場所じゃなくて、地元の人達が訪れるこぢんまりとしたビーチ。穴場だよ、穴場。

葉山の海は、他の湘南の海と比べると色が違う。青にエメラルドグリーンが絶妙に溶け合い、干したての布団みたいな、あたたかさが漂っている。そのぬくもりを吸った羊雲が、ふわふわと気持ちよさそうに、海風に流されている。

この海を見てぼうっとするのが、僕のささやかな楽しみの一つ。

はい。紹介終了。じゃあ海猫の方に戻ろう。

時生は、ロビーにいた。ここは宿泊客がくつろぐための場所だ。応接スペースだね。趣のある木製のテーブルと、ビロード張りの椅子。天井にはシャンデリアがあって、床には臙脂色の絨毯が敷かれてる。

　これは、珊瑚が吟味して選んだアンティークの家具。海猫は大正ロマンがテーマで、外も中もそれで統一されている。

　海猫は一応旅館なんだけど、イメージは大正時代のおしゃれなホテルって感じかな。和洋折衷。いいとこどり。

　珊瑚は、センスもいいんだよなあ。マジで欠点がない。

　部屋の中央には、大きくて立派な古時計がドンと置かれていて、静かに時を刻んでいる。

　そしてその手前には、これまた古いポストが置かれている。赤色の丸型ポストだ。これは、大正時代に作られたもの。現在では、東京駅に同じものがあるよ。

　この時計とポストが、晴渡家の重要アイテム。

　そういやさっき、珊瑚が言ってたでしょ。晴渡家には時間の概念がないって。それとも関係するんだ。

　またそれはおいおい説明するよ。伏線ってやつです。僕、ストーリーのひっぱり具合うまくないですか。時生より、作家に向いてるね。

　ただ時生にとって、もっとも大切なアイテムはこれじゃない。

　それは、右奥にデンと控えている。大きくて分厚い、木製の本棚。飴色にツヤツヤと輝いている。

　天井まで高さがあって、ガッチリ固定されている。備えつけの本棚だ。

　そこには、本が整然と並んでいる。

夏目漱石、芥川龍之介、森鷗外、島崎藤村、太宰治、谷崎潤一郎、志賀直哉、川端康成、三島由紀夫、梶井基次郎、宮澤賢治……。

　明治・大正・昭和期に活躍した作家達だ。彼らは文豪と呼ばれている。作家のランクアップバージョン。天使に喩えると、上級天使みたいなもんかな。

　時生の目標は、この文豪になること。そのため毎日毎日小説を書いている。

　時生の妙な喋り方も着物の書生服も、文豪に影響されてのもの。時生は形から入る奴です。しぶしぶだけど、僕もこれらの小説や詩を読んだ。小説の中でも、文豪が書くのは文学ってジャンルらしい。

　時生を深く知りなさいと、神様に命じられてるからね。時生の体験するものは、僕も等しく味わう義務があるの。

　でもぶっちゃけ、文学はぜんぜん面白くない。

　まず言葉が古くさいし難しい。読みにくいったらありゃしない。あと表現が回りくどいね。ズバッと言わないと、ズバッと。現代っ子には伝わんないよ。

たまに面白いのもあるけど、ほんとごく一部。漫画やアニメやゲームの方がよっぽど楽しい。

時生は、お客さんにこの本を読んで欲しいそうなんだけど、誰も手にしない。みんなだいたい、スマホを触っている。そのたび時生は、がっかりしていた。

そりゃそうじゃん。何か読んで欲しいんだったら、「少年ジャンプ」とか置いとかないと。僕が本を選びたいくらいだ。

時生が、パタパタと本棚にハタキをかけている。毎日やっているので、埃なんてない。時生にとっては、儀式みたいなもんだ。

廊下に行くと、皿に水とエサを入れる。

ニャアと、猫が三匹あらわれた。黒猫、虎猫、三毛猫だ。

時生がしゃがみ込んだ。

「漱石、龍之介、治。待たせたね。エサだよ」

猫の名前も、文豪だ。以前、時生はこう語っていた。

「文豪はみんな、猫を愛した。作家は猫を飼い、猫は作家に飼われるものだ。だいたい夏目漱石のデビュー作が、『吾輩は猫である』だ。猫が主人公なんだ。これは漱石による、文学青年は猫を飼えという暗喩なんだ」

そう言って、さらに猫を増やそうとしたけど、海香に怒られて三匹に止(とど)めている。放っておいたら、ここは猫屋敷になってたね。

ちなみに海猫のマスコットキャラクターの黒猫は、『吾輩は猫である』にちなんでいる。あの猫は、黒猫だったそうだ。日本一有名な猫なんですって。

黒猫の漱石に向かって、時生が声をかけた。

「やい、哲学者」

詩人の中原中也(なかはらちゅうや)が、猫に向けて放った有名な台詞だ。

漱石は相手にせず、黙々とエサを食べ続ける。

「文学を志す者が漱石に無視される……これほど辛いことがあるだろうか」

時生がしょんぼりとする。じゃあ、そんな名前つけんなよ。

気を取り直して、時生がパンパンと手を叩いた。

「仕事終了。三時までは自由時間だ」

暖簾をかける。本にハタキをかける。猫にエサと水をやる。

あとはお客さんの送迎と、手紙を書くこと。それだけが、時生の海猫での仕事だ。

珊瑚と海香に比べると、仕事量がだんぜん少ない。

残りの時間は、すべて小説を書くか読むかして過ごしている。まったくいいご身分だよ。

時生がキッチンに戻ると、勝手口から一人の男があらわれた。

白髪を短く刈り上げている。目尻のシワは柔らかいけど、眼光は異様に鋭い。THE職人って感じ。

板前の国島哲太だ。

「坊っちゃん、おはようございます」

しぶい。しぶすぎる声。

「哲太、おはよう」

哲太は、この海猫の板前だ。

時生の父親の代から勤めているらしい。海猫を訪れるお客さんは、哲太の料理を楽しみにしている。

哲太が、発泡スチロールの箱をシンクの上に置く。目と鼻の先の、真名瀬漁港で仕入れた魚だ。

「坊っちゃん、いい真鯛が入ったんで、刺身にしてちょっと食べませんか」

哲太が立派な鯛を手にする。箱と海が直接繋がっていて、そこから手づかみで獲ったように新鮮。

時生がキョロキョロと辺りを見回し、「うん」とうなずいた。海香がいないか確認したんだ。見つかったら、確実に怒られ案件だ。

にしても珊瑚に劣らず、哲太も時生に甘いんだ。

まず坊っちゃんと呼ぶのが、夏目漱石の『坊っちゃん』に出てくる、ばあやの清みたいだ。清も、坊っちゃんに甘かったもん。

ちなみにだけど、『坊っちゃん』は文学でも面白かった。あれは宮崎駿がアニメ化するか、任天堂がゲーム化してもいいね。

2

時生は、トゥクトゥクを運転していた。なんか早口言葉みたい。

トゥクトゥクは、東南アジアでよく見る三輪自動車。お客さんには湘南の海風を味わいながら、海猫に来て欲しい。そう言って、珊瑚が購入した。

書生姿の時生と、トゥクトゥクという世にも奇妙な組み合わせは、道行く人の目を惹くけど、だいたいそれは観光客。葉山の人達は、みんな時生のことを知っている。知らぬは時生ばかりなりだ。

十五分ほどして、最寄り駅に到着。京浜急行逗子線の、逗子・葉山駅。

時生はトゥクトゥクから降りると、南口に向かう。そこが待ち合わせ場所だ。

時生は看板を手にした。黒猫の漱石のイラストが描かれた、海猫の看板だ。これが目印なんだけど、書生姿の時生を見れば、一目瞭然だ。

「海猫さんですか?」

声がして、時生が振り向いた。そこには女の人が立っていた。

うわっ、綺麗な人だ……色が白くて、目元が涼やか。長いまつげが優雅に揺れている。唇は花びらみたいに可憐で、純白のワンピースが似合いすぎている。ちょうど太陽の光が降り注いで、キラキラと輝いて見えた。

こりゃまずいな……時生を見ると、案の定、燃えるように赤面していた。顔が大火事だ。

そう、この晴渡時生の病気とは、とにかく惚れっぽいところ。

すぐに女性を好きになってしまうんだ。しかも大半が、海猫を訪れる女性客。何度この光景を目撃したことだろう。デジャブかよ。

時生が、あわてて声を発する。

「とっとと、戸田真緒さんですか」

「はい、そうです」

「わっ、わたくしめは海猫従業員、晴渡時生です。本日は、大変おっ、お日柄もよく、戸田様に心よりお祝いを申し上げます」

　結婚式の挨拶か。

「晴渡さんですね。よろしくお願いします」

　真緒が、そよ風のように微笑んだ。

　夜になり、時生、珊瑚、海香はキッチンで夕食をとる。お客さん達の夕食が終わってからなので、少し普段よりも遅い時間だ。

　海香は着物に、白いフリル付きのエプロンをしている。大正時代の、カフェで働く女性のイメージ。和装メイド服って感じかな。

　珊瑚は執事服だ。燕尾服にベスト、白い手袋をしている。

　珊瑚は似合っているとか、そういう次元を超越している。イケメンは何を着ても様になる。別にパジャマで働いても大丈夫なんだ。

　時生の書生服、珊瑚の執事服、海香のメイド服と、コスプレ要素もあるのが、海猫の特徴だ。

　お客さんの中には、同じ格好をしたがる人もいるので、何着か用意している。

　早速、海香が切り出した。

「戸田真緒さん、すっごい綺麗な人だったね」

「ほんとだね」

珊瑚が同意すると、海香がじとっと時生を見た。

「惚れてないでしょうね？」

毎度おなじみ、恋愛警察の出動だ。美女のお客さんが来ると、海香が時生を尋問する。海猫の恒例行事だ。

「バカな。そんなむやみやたらにお客さんに惚れるような、分別のない人間ではない」

と言いつつも、時生は茶碗で自分の顔を隠している。

「……怪しいけど」

海香は疑わしそうだけど、時生の名誉のために、僕が判定しよう。

ギリセーフ！

たしかに真緒に惹かれてはいるけれど、惚れる寸前で耐えている。時生も、日々進歩しているんだ。

時生は逃げるようにして、キッチンを出る。

女性に気をとられている場合ではない。もう新人賞の応募の〆切りも近いのだ。小説だ。小説に専念しよう。我は孤高の文士なり。

そんな感じで自分に言い聞かせるように、頬をピシャピシャと叩いた。

時生が応接スペースを通り過ぎようとすると、ピタッと立ち止まった。

真緒が椅子に座って、本を読んでいた。窓から柔らかな月光が射し込み、彼女を静かに照らしている。艶やかな黒髪が、夜空の星のように輝いていた。

それは、僕達天使が描かれる宗教画のように、神々しい姿だった。

本は、夏目漱石だ。時生の魂である、あの本棚の中の一冊。

月明かりの下で、夏目漱石を読む美女……。

うわっ、惚れた――。

崖っぷちで耐えていた時生が、ゴロゴロと転がり落ちていった。さっきの決意の塊が空中に放り出され、もうもうと舞い上がる土煙までもが見えるよ。

そりゃそうなるって。月影と美女と夏目漱石のコンボは無理だって。時生の、大好物詰め合わせセットだもの。

真緒が、時生に気づいた。

「時生さん」

時生がぎょっとする。

「どっ、どうして私の名前をご存じなのですか」

「だって最初にお会いしたとき、教えてくださったじゃないですか」

真緒がコロコロと笑う。ああダメだって。そんな可愛い笑い方をしたら、時生の惚れ具合が加速するよ。

「時生さんと珊瑚さんと海香さんは、ごきょうだいなんですってね。さっき海香さんが教えてくれて。全員晴渡なんで、みんな下の名前で呼んでくださいと、海香さんがおっしゃられて。なれなれし過ぎましたか？」

「めっそうもございません」

真緒が本を持ち上げた。

「海猫のキャラクターって黒猫ですよね。もしかして夏目漱石の、『吾輩は猫である』の猫かしら」

「なんたるご慧眼。その通りであります」

時生の目が、ランランと輝く。

「夏目漱石は偉大です。日本の近代文学は漱石からはじまりました。紀元前、紀元後のように、漱石前、漱石後で分かれます。

漱石のデビュー作が、『吾輩は猫である』です。つまり日本文学の夜明けは、ニャアという、猫の鳴き声からはじまったのです。

太宰治は漱石が嫌いで、森鷗外派でした。ですが『人間失格』に、『吾輩は猫である』のことを書いています。漱石嫌いの太宰ですら、『吾輩は猫である』の人気を無視できなかったのです」

泡を飛ばすような時生の勢いに、真緒がたじろぐ。時生の文学スイッチを入れたら、そりゃそうなるよ。

時生がカバーに目をやる。

「真緒さんは、『こころ』がお好きなのですか？」

真緒が読んでいたのは、夏目漱石の『こころ』だった。

「好きというわけでもないんですが、高校生の頃に読んだ記憶があって。内容はよく覚えてないんですが、一文だけやけに印象に残っていて……」

「どの一文ですか？」

スッと、真緒の口角が下がった。

「『しかし君、恋は罪悪ですよ』」

「先生が、主人公の私に向かって言った言葉ですね」

うんうんと時生がうなずく。僕も『こころ』は読んでいるので、その一文は覚えている。

ちなみに先生というのは、『こころ』の登場人物のことね。

「『こころ』はここで読むのに、最適な一冊です。舞台となった鎌倉の由比ヶ浜(ゆいがはま)は、ここから目と鼻の先です。『こころ』は鎌倉文学を代表する作品です」

「そうなんですね……」

そこで真緒が手を叩いた。

「時生さん、よかったら明日、そこを案内してもらえないですか？」

海猫では観光ガイドもしている。それも時生の仕事だ。

「もっ、もちろん、喜んで」

時生が即答した。

時生は真緒と別れると、海猫に隣接している、離れに向かった。そこに、時生達きょうだいは住んでいる。

リビングに入ると、海香と珊瑚がくつろいでいた。

二人とも仕事が終わったので、普段着に着替えている。海香はジャージ姿で、前髪をゴムでまとめている。オンとオフの差がひどすぎる。

グビッとビールを飲みながら、海香が尋ねた。

「時にい、先に出たのに何してたの？」

時生が、ドサッとソファーに座る。

「……海香、一つ訂正事項ができた」

「何よ？」

「私は、戸田真緒さんに惚れてしまった」

「えっ、この短時間で？」

海香が目を丸くする。

「何してんのよ。十分も経ってないわよ。なんでちょっと目を離したら、いっつもすぐに惚れちゃうのよ。犬でももう少し我慢できるわよ」

「私も歯を食いしばって耐え忍んだが、よんどころない事情があったのだ」

「何よ、よんどころない事情って」

「真緒さんが月明かりの下で、夏目漱石を読んでいたのだ」

「なんで、それがよんどころないのよ」

詰め寄る海香に、珊瑚が微笑をこぼす。

「兄さん、それはよんどころないね」

「うむ。よんどころない」

なんだ？　このよんどころないラリーは？

海香がうんざりと言う。

「もうやめてよ。どうせ振られるのに」

時生が不機嫌になる。

「なぜそうなるのだ。海香は予知能力者ではないだろう」

「そんなこと誰でもわかるでしょ。時にいの惚れたは、振られるとワンセットなの」

ザッツライト。まさにそうです。

まあまあ、と珊瑚が間を取りなす。

「そう言うなよ、海香。今回はうまくいくかもわからないだろ」

時生が調子に乗る。

「珊瑚の言うとおりだ。真緒さんから、明日、由比ヶ浜を案内して欲しいと頼まれた」

「それは兄さんに好意がある証拠だよ」

珊瑚もそう思うか、と時生はご満悦だ。

「はいはい、じゃあ頑張って、盛大に振られて爆死してちょうだい」

投げやりに言うと、海香はビールを一気に飲んだ。

3

翌日、時生と真緒は由比ヶ浜を訪れた。

同じ海でも、また葉山とは少し異なる。十年間時生と共に海を眺めているので、その違いがわかるようになった。透明な波が浜辺に寄せては引き、潮の香りが揺れていた。

観光客でにぎわっているので、時生の格好は目立つ。

真緒は日射しを避けるため、麦わら帽子をかぶっている。海と麦わら帽子の美女なんて、時生の心を鷲づかみだ。

真緒が、目を細めて水平線を見る。

「ここが、『こころ』の舞台なんですね」

時生がうなずいた。

「はい。主人公の私が、先生と出会うシーンですね。明治の頃は、ここは海水浴に最適の地とされて、海の銀座と呼ばれました」

「時生さんは本当に物知りですね」

「いえいえ、そんな。めっそうもございません」

いつも由比ヶ浜に来るときは、「かつて漱石も、この海を眺めていたのだ」と時生は襟を正し、真剣に海を見つめていたけど、そのまなざしは、今は真緒に向けられている。

漱石といえど、恋には勝てない。

ただ僕が意外だったのは、真緒の時生に対する態度だ。

壊れたおもちゃのように喋りまくる時生の漱石話にも、真緒は興味深そうに耳を傾けている。

あれっ、もしかして、うまくいっちゃったりするの?

まあ僕としては、時生の恋が成就すればお役御免だ。晴れて天界に戻ることができる。

えっ、おまえは恋の天使、恋のキューピッドかって。

いやいや、僕はあんな弓と矢なんか持ってないって。人をバンバン弓で射るヤベー奴らだから、あいつら。

まあ、そう勘違いするのもわかるけど違うんだなあ。僕がなんの天使かは、またあとで教えるよ。

トゥクトゥクに乗り、次の目的地に。今日はお客さんの出迎えがないので、時生が自由に使っている。

三角屋根の、白い外観の建物だ。一部の壁を木製にしている。大きな楕円形の看板には、

『の山』と書かれていた。

時生が中に入ると、「おうっ、いらっしゃい」と野太い声がした。

キッチンに、エプロン姿の男女がいる。

男の名前は、丸池雄大。髪が潮で焼けて茶色くなり、肌はまっ黒だ。典型的なサーファーだ。

顎にヒゲがあるが、時生はそれを剃りたくて仕方がない。

女の名前は、向井葉月。緑色の髪の毛をレイヤーにカットして、耳と下唇にピアスがある。摩耗したバンドTシャツを着ているけど、葉月の胸が大きく、ドンと張り出しているので、なんのバンド名かわからない。

時生と真緒が窓際の席に座ると、真緒が尋ねた。

「お店の名前、の山なんですか？」

時生がうなずく。

「はい。葉山の一歩前を行くということで、『は』の前の『の』をつけているのです。実に安直な店名です」

「誰が安直だよ」

雄大が時生の頭を叩くと、真緒が目を白黒させた。

「お二人はお知り合いですか？」

「あいつも含めて、三人ね。小学校からの同級生だよ」

雄大が親指で葉月を指すと、葉月がニッと笑って手を振る。真緒も会釈した。

真緒が視線を外すと、葉月と時生の視線が合った。

そんな上玉おまえには無理だ、無理という感じで、葉月が首を横に振った。まあ海香だけでなくて、全員がそう思う。

しばらくして、雄大が木の皿を持ってきた。その上には特大のハンバーガーと、揚げたてのポテトがドンと載っていた。

「の山バーガーです」

雄大が得意げに目元を細めると、時生が説明する。

「この辺りでは、葉山バーガーという葉山牛を使ったハンバーガーが有名なのですが、の山バーガーは名前が違うだけで、それとまるっきり同じです」

「うるせえよ」

雄大がツッコみ、真緒がくすりと笑う。

シャキシャキのレタスとタマネギ、トロトロのチーズ。ジュワッと肉汁があふれるパティ。ネーミングセンスは悪いけど、このハンバーガーの味は本物。

真緒が豪快にかぶりつき、絶賛の声を上げる。

「凄くおいしい」

その笑顔を見て、時生がキュンと胸を押さえる。時生は、食べっぷりがいい女性が大好きなのだ。

二人とも食べ終えて、アイスコーヒーを飲む。これも絶品だ。雄大は粗野（そや）な風貌だけど、その仕事ぶりはとても丁寧。

コーヒーを啜（すす）りながら、時生が尋ねる。

「真緒さんはなぜ、海猫に宿泊を希望されたのですか？」

「素敵なお宿ですから。それに海猫のキャッチコピーが凄くよくて。『泊まれば心が晴れる宿』って」

珊瑚が考えたものだ。正直、時生よりも文才があるよ。ってか、あいつは才能ありすぎだ。

「真緒さんは、お仕事は何をされているのですか？」

「出版社に勤めてます」

「しゅ、しゅ、出版社!?」

時生がコーヒーをふきだした。

「それは失礼致しました。まさか殿上人（てんじょうびと）であられる出版社の方に、気軽に口を利（き）くなどという無礼な行為をしでかしているとは」

　深々と時生が頭を下げると、真緒があわてる。

「どうされたんですか。時生さん」

「実は私、作家志望で、細々と小説を書いているのです。まさか真緒さんは、編集者では……？」

「違いますよ。私の会社はビジネス書が中心で、文芸作品は出してないんです。それに私の仕事は営業で、いろんな書店さんをまわってるんです」

　時生が、ほっと胸をなでおろした。

「安心しました。もし編集者ならば、切腹ものでした」

　大げさすぎるだろ。

　二人の話が盛り上がる。出版社勤務だけあって、真緒も読書家だった。ますます、時生の好きなタイプだ。

　そのとき、真緒のスマホが震えた。画面を確認すると、真緒の顔色が変わった。顔の輪郭(りんかく)が硬くなり、瞳の陰影が増した。

　なんだろう？　喜びと悲しみの絵の具をグチャグチャにしたような、とても複雑な色合いだった。それは、僕が知らない種類の表情だった。

「どうされましたか？」

時生も真緒の変化に気づいた。

「なんでもないの」

真緒がそうごまかし、スマホをカバンにしまう。

「時生さん、お酒は飲めますか？」

「お酒ですか？　はい。もちろん」

「じゃあよかったらですが、夜、一緒に飲みませんか？」

「はっ、はい！」

鼻の下が伸びそうになるのを、時生は懸命に堪(こら)えた。

「いい店、ご存じですか？」

「もちろん。お任せください」

時生は、ドンと胸を叩いた。

二人は一旦解散し、再び集合することになった。

夜を迎えた。

時生はいつもの書生服から、タキシードに着替えた。いやいや、それはやり過ぎだろ……。

「いいじゃないか、兄さん」と珊瑚がいつものごとく褒め、「嘘でしょ。本当に真緒さんの方から、時にいと飲みたいって言ったの？」と海香がしつこく確認する。

わかるよ、海香。僕も信じられない。でももしかすると本当に、我らが晴渡時生に、春が訪れたのかもしれない。

「では出陣してくる」

時生が、蝶ネクタイをしめなおした。

海香が声をかける。

「……時にい」

「なんだ？」

「真緒さんに宗教かマルチ商法の勧誘されても、落ち込まないでよ」

うん、そのオチはあるな。さすが海香だ。

時生が真緒に指定した店は、また『の山』だった。

店の前に来て、真緒が目をパチクリさせる。

「ここでお酒も飲めるんですか？」

「昼はカフェなんですが、夜はバーなんです」

二人でオープンテラスに行く。月光が、海に細い道を作っていた。月の道だ。昼間よりも波の音が穏やかで、月明かりとハーモニーを奏でている。

テラスの席には、キャンドルが灯っていた。

「素敵」

月とキャンドルの明かりが、真緒の頬を照らしている。ゴクッと、時生が生唾を飲み込んだ。

二人でお酒の注文をする。雄大が、カクテルを持ってきてくれた。ごゆっくりと言って、雄大がウィンクをした。気持ち悪いけど、雄大なりのエールだ。

深い琥珀色のお酒の中に、淡い月が浮かんでいた。チンとグラスを合わせ、二人でお酒を飲む。

「おいしい」と真緒が魅惑の笑みを浮かべ、時生がクラッとくる。

「真緒さん、趣味はなんですか？」

お酒の力を借りて、時生が積極的に話しかける。いいぞ、時生。

じっと真緒が、時生を見つめる。目が潤み、頬がしっとりと赤らんでいた。

これには、中二天使の僕でも、ドキドキしてしまう。

「何を言ってもひかないですか？」

時生が喉仏を上下させる。

「絶対ひきません」

「ホラー映画鑑賞です」

「ホラー映画ですか……？」

ロマンチックからの急展開……。

「最初は心理的にゾッとするやつが好きだったんですが、今はスプラッター映画もよく見ます。時生さん、ホラー映画はお好きですか？」

「……大好物です」

嘘つけ。時生は大の怖がりで、ホラー映画なんか観たら失神する。

真緒が好きなホラー映画の作品を語りだし、時生はビクビクと相槌をうっていた。

すると時生が、グィッと酒を飲んだ。そしておもむろに尋ねた。

「真緒さんは、彼氏はおられるんですか？」

何ぃ！　衝撃のあまり、ひっくり返りそうになる。

まさか時生が、こんな大胆なことを尋ねるなんて。ホラー映画の話を回避したかったのもあるだろうけど、晴渡時生史上前例のない、勇気ある行動だ……。

真緒が、寂しげに首を振る。

「いません」

よしっ、と時生が拳を握った。

「でも……好きな人はいます」

ふうと、真緒がアルコール混じりの吐息をついた。

「どっ、どなたですか？」

動揺を押し殺して、時生が訊いた。

「つい半年前、高校の同窓会があったんです。同じ映画同好会に入っていた、城南光一（じょうなんこういち）という同級生とそこで再会しました。城南も時生さんみたいに、ホラー映画が大好きで、凄く盛り上がって。私、職場でこの趣味を話せる人がいなかったのもあって」

たしかに趣味が同じというのは、ポイントが高い。マイナーな趣味ならばなおさらだ。

「それで連絡先を交換して、その後も一緒にホラー映画を観に行ったりして会うようになって、いつの間にか、城南に惹かれてたんです」

「……その城南氏は、真緒さんをどう思われているんですか？」

「私のことが好きだと言ってくれました」

真緒の薄い頬に、血の気がほっと浮いた。

はい、試合終了。お疲れ様でした。大差がついて試合途中に帰り出す、サッカーファンの気分になる。

時生もさすがに観念したのか、首が折れそうなほどうなだれる。

だがそこで、真緒が沈痛（ちんつう）な面持ちになる。

「……でも問題があったんです」

「なんですか？」

「城南は既婚者だったんです」

おっと、どうやらまだ試合終了じゃないぞ。クルッと踵（きびす）を返して、もう一度席に座り直した。

「では城南氏は、離婚されるおつもりなんですか」

真緒が、小さく首を振る。

「彼の奥さんは、会社の上司の娘さんだそうです。だから別れることはできない。でも私のことは好きなんだそうです」

ズルッ。それはないだろ。おいおい、城南さんよぉ。

そこで思い出した。昼間、真緒がスマホを見た反応を。あれは、城南からの連絡だったんだ。

「では城南氏と別れれば……」

真緒がうつむいた。

「そう簡単に割りきれたら、苦労はしません。私、もう彼のことが好きになってて……どうしようもなく」

ポコポコと、青い炎のような怒りが、腹の底から湧いてくる。

城南は既婚者であることを隠し、真緒に近づいたんだ。

時生も同じ気持ちなのか、目が据わっている。

「『恋は罪悪ですよ』」

時生がぼそっと言い、真緒が寂しそうに笑う。

「はい。夏目漱石の『こころ』の、先生のあの言葉を、今になって思い出しました。恋は本当に……罪悪です」

スッと真緒の瞳から、涙が一筋こぼれおちた。とても冷たくて、切ない、残酷(ざんこく)な涙だった。

4

「カーッ、同窓会ってそういうのが多いのよね。青春時代よ、甦(よみがえ)れみたいな感じで、危険な恋がうようよしてんのよ」

ほろ酔いの海香が、缶ビールを片手に言う。

あの後、時生は真緒と共に海猫に戻り、真緒を部屋まで送り届けた。そして珊瑚と海香に、さきほどの件を伝えたのだ。

「にしてもその城南って奴、最悪じゃない。既婚者のくせに、それを隠して近づくなって言うのよ。ほんと女の敵だわ」

海香が憤然と、鼻の上にシワを寄せた。「ほんとだね」と珊瑚も険しい表情をしていた。

「でも真緒さん、城南と別れられないわよ」

予言者のように海香が言い、時生がドキリとする。

「海香もそう思うか……」

「思うわよ。このままズルズルと城南と付き合って、『真緒、今日は妻が実家に帰ってるんだ。一緒にホラー映画を観ないか』って自宅に連れ込むの。酔わせてソファーに押し倒し、あの雪をも欺く乙女の柔肌に、城南の肉厚な唇が……」

「後生だ。やめてくれ！」

時生が頭を抱え、海香が忍び笑いをする。性格悪いな、海香。

意を決したように、時生がソファーから立ち上がった。

「珊瑚、海香、私は行ってくる」

　珊瑚が確認する。

「兄さん、コ、イ、モ、ド、リですか」

「ああ、私は真緒さんを城南の魔の手から救い出してくるのだ」

　時生は家を出ると、旅館に向かった。受付に置いてある、ピンク色のハガキを一枚手にする。和紙で作った、海猫オリジナルのハガキだ。

　商品名は、『恋が叶うハガキ』。

　時生はそのハガキの宛名面に、『戸田真緒』と心を込めて書いた。ほんとこいつは、字だけはうまい。

　時生はそのハガキを手に、応接スペースに入る。お客さんは誰もいない。

　時生は、丸型のポストの前に立った。深呼吸をしてから、ハガキをポストに投函する。

　すると、周りの景色がグニャグニャとゆがみはじめた。粘土を伸ばしたような感じだ。

　ふと気づけば、時生は街中にいた。人々が忙しそうに歩いている。その表情は、のんびりとした葉山の人達とは異なって見える。

　時生の目の前にはポストがあるけど、その形は四角だ。

　時生が時計を見ると、日付が変わっていた。

時間は、半年前だ——。

故障じゃないよ。これは最新式の電波時計だから。送信所から発信される標準時信号を、正確に受けとっている。本当に、まぎれもなく、半年前なんだ。

つまり時生は、タイムリープをした。

そう、これが、僕が天使として時生に付いている最大の理由。

晴渡時生は、タイムリーパーなんだ。

この能力名は、『恋戻り（コイモドリ）』と呼ばれている。

これは、晴渡家の長男だけに代々受け継がれる能力。

歴代の晴渡家の長男には、共通点がある。それは、そろいもそろってモテないこと。

なぜか、まるでモテない。びっくりするぐらいモテない。

なのにみんな、惚れっぽい。しかも絶対手が届かないような、高嶺（たかね）の花の美女ばかり。時生は、その性質をガッチリ受け継いでいる。

ちょうどいいや。ここで、晴渡家の歴史を紹介しておこう。

この晴渡家特有の能力が誕生したのは昔々の大昔。

みんな、羽衣伝説って知ってる？　漁師が浜に出かけると、一本の松に美しい衣がかかっていた。

漁師はそれを持ち去ろうとしたけど、実はそれは天女の羽衣。それがないと、天女は天界に帰れない。

そこで天女が天上の舞を見せて、漁師に羽衣を返してもらう。無事に天女は、天界に戻ることができた。

まあこんな話なんだけど、これには続きがあるんだ。

実はその天女というのは、『時の天女』。時間を管理する部署の所属なんだ。

天女はその漁師を気の毒に思ったんだ。ぶっちゃけ、モテそうもなかったから。

そこで天女は、漁師にある能力を与えた。

それは時を遡る能力。つまりタイムリープの能力だね。

発動条件は、女性に惚れること。この能力で、うまく女性をものにしてねっていう、天女からの大サービス。

はい、もうわかったね。その漁師っていうのが、晴渡家のご先祖なんだ。

晴渡家の長男達は、この能力を駆使してきた。だから血を絶やさずに、今日まで名を保ててきた。

ちなみに晴渡家の人間が海の近くに住みたがるのは、祖先が漁師っていうのもある。超絶まったく使えない、晴渡家の豆知識です。

僕の正体は、時の天使……見習いってわけ。だから時生の側にいて、時生を常に見守っているんだ。

コイモドリは晴渡家の長男が十八歳になった時点で発動するから、時生と過ごして十年になる。

天使でも十年って長いよ。そろそろ天界に戻りたいので、今回の真緒でなんとかうまくいって欲しい。

ちなみに恋が成就して、時生に子供が生まれると、コイモドリの能力は消滅する。

それが、僕と時生にとってのゴールとなる。

おっと、長々と説明していたら、時生が先に行っている。

郵便ポストのすぐ側にある、ホテルの中に入った。

一階の電光掲示板の本日のご案内に、『深園高校22期同窓会』と書かれている。

この同窓会で、真緒と城南は再会を果たした。時生はそれを阻止して、未来を変えようとしているんだ。

会場の前には、受付の男女が二人いた。どちらもスーツ姿だ。

時生が口火を切った。

「私は晴渡時生。高校の時分、同じ学び舎で机を並べて、共に勉学とスポーツに励んだ男だ。

諸君等(しょくんら)同袍(どうほう)と久方ぶりに、旧交を温めにきた」

「おおっ、時生か。久しぶりだな」「晴渡君、変わってないね」と男も女もパッと顔を輝かせた。

ありえないと思うけど、これがコイモドリの能力の一つなんだ。

過去の世界において時生は、曖昧模糊(あいまいもこ)とした、影のような存在だ。

だから時生が友達だと言えば友達になり、同僚だと言えば同僚だと、相手は錯覚してくれる。要は、催眠術のようなもの。

ただ夫や恋人みたいな近しすぎる存在は、対象相手が違和感を抱き、信じ込ませることは難しい。

あと信じやすい人と、疑い深い人と、各々の個性も作用する。これは催眠術と同じだね。

まあ同級生を演じるのが一番簡単だよ。

部屋に入ると、時生は側にいた人物に、「城南氏はどこだ?」と尋ねた。

「あそこにいるよ」

そう彼が、部屋の奥を指さした。そこに一人の男が立っていた。

こいつが城南か……顔立ちは端整(たんせい)で、清潔感もある。光沢のあるブランド物のスーツが、繊細で優雅な雰囲気を増幅させている。洗練された、都会風の男だ。ぶっちゃけ、いけ好かないタイプの人間だ。

その城南が、あらぬ方向を見ていた。その視線の先には、真緒がいた。

あいかわらず美しく、別格の輝きを放っている。他の男性同級生に囲まれていた。全員デレデレしている。

ぬぬっ、奴らも排除しないと。そんな感じで、時生がにらみつけている。こいつは嫉妬心もえぐいな。

まずは最大の敵からだ。時生はそう腹を決めて、城南に近づいた。

「やあ、城南氏。久しぶりだな。晴渡時生だよ」

城南は一瞬目が点になったが、すぐにコイモドリの力が作用した。

「時生、時生じゃないか」

懐かしそうに、時生の肩を軽く叩いた。

「映画同好会の頃が懐かしい。遠き日の城南氏の面影が、記憶の花畑で咲き乱れている」

真緒は映画同好会で、城南と一緒だったと言っていた。同級生プラス、部活仲間になるってわけか。

「そうだな」

時生と話しながらも、城南はチラチラと真緒の方を見る。その視線を、時生は何度も体でブロックしていた。

するど、「城南君」と澄んだ声が響き渡った。

真緒が、手を振って近づいてくる。

「戸田」と城南がはしゃいだ声を上げる。

真緒の方から来るのは、時生の計算外だった。

真緒が時生を見てきょとんとしたので、時生が素早く名乗った。

「私は晴渡時生。映画同好会に所属していた快男児だ」

「ああ、晴渡君。覚えてるわ。懐かしいね」

真緒がまぶしい笑顔を見せ、時生がどぎまぎする。おいおい、二人の出会いを阻止すんのを忘れんなよ。

真緒が、あらためて城南を見る。

「城南君、かっこよくなったね。スーツ似合ってる」

「そっ、そうかな」

城南が照れて赤面する。あれっ、こいつこう見えて、女性に弱いのか？　なんか意外だぞ。女ったらしのろくでなしだと思ってた。

それから二人で、思い出話に花を咲かせる。なんだかお互いいい雰囲気だ。まずいぞ、時生……。

すると時生が急に叫んだ。

「城南氏は、既婚者だ！」

あまりの大声に、その場にいた全員がびくっとする。真緒も城南も、驚きを隠せないでいた。

城南が、そろそろと訊いた。

「時生、よく知ってるな。俺、そんなこと言ったっけ？」

「言った。俺は骨の髄から、濃厚ドロドロ背脂マシマシ系既婚者だと」

豚骨ラーメン？

「城南氏、既婚者であるならば、結婚指輪をした方がいい。あらぬ誤解を招く恐れがある」

城南が激しく狼狽する。

「ああ、そうだな。ちょっと最近太って、サイズが合わなくてさ。直さないとな」

「真緒、久しぶり」と女性の同級生に真緒は声をかけられた。「城南君、晴渡君、またね」と真緒がその場を離れていった。

その後も、時生は城南の行動を監視し続けた。城南と真緒はその後接触することなく、連絡先も交換しなかった。

5

時生は、現在の世界に戻った。

時生がコイモドリを発動させてから、一分しか経過していない。過去でどれだけ時間を過ごしても、現在の時間では一分だ。

離れに行き、珊瑚と海香に結果を報告する。

「よかったですね。兄さん。これで真緒さんは、不倫の恋に悩まなくてもすみますね」

珊瑚が、嬉しそうに言う。

海香がニヤッとする。

「しかも、城南という最大のライバルを排除したんだから。真緒さんの悩みを消して、恋敵も阻止する。一石二鳥じゃん」

「…………」

時生が黙り込み、海香が不審そうに尋ねる。

「時にい、どうしたの？」

「いや、なんでもない。まずは真緒さんの未来が本当に変わったのか、確認してくる」

バタバタと時生が家を出て、旅館の方に向かい、真緒の部屋を訪ねた。

時生と真緒は過去ですでに出会っているけど、現在に戻った時点で、真緒の記憶からは、時生の存在は消えている。

コイモドリ使用時の時生は、影や幻に近い存在なんだ。

時生が、単刀直入に言う。

「真緒さん、既婚者に惚れてますか？」

城南を思い出させたくないのか、名前は言わない。

真緒がびっくりして否定し、時生は安堵の息を漏らした。未来は変わったんだ。

「まさか、そんな」

「真緒さん、『こころ』の先生が言った、『恋は罪悪ですよ』という話をご記憶されていますか」

真緒が目をパチクリさせる。

「ええ、もちろん。お昼に『こころ』の舞台の由比ヶ浜に行ったじゃありませんか」

城南との出会いは阻止したが、その過去は変わっていない。

『恋は罪悪ですよ』……その台詞には続きがあります

「続きですか？」

「ええ」時生がコホンと咳払いをした。「先生は主人公の私に向けて、こう言いました。

「『恋は罪悪ですよ。そうして、神聖なものです』と」

「神聖なもの……」

真緒がくり返した。

「それは忘れていました。とても素敵な言葉ですね」

その柔らかな頬に、ひまわりのような笑みが浮かんだ。

「恋は神聖なものですか……なるほど。よくよく考えると、深い台詞ですね」

ふむふむと珊瑚が顎をさする。むぅっ、様になってやがる。イケメン名探偵みたいだ。

時生は家に戻って、珊瑚と海香に真緒との会話を伝えた。

海香が尋ねた。

「てかさ、その夏目漱石の『こころ』って一体どんな話なの？」

「教科書に載ってただろ」

とがめるように珊瑚が言うと、ゲッと海香が顔をしかめる。

「珊にいじゃないんだよ。そんなの覚えてるわけないでしょ」

時生が、ビシッと背筋を伸ばした。

「では諸君、今宵も物語の花を咲かせようではないか。時は明治時代末期……」

「時にいじゃなくて、珊にいが説明してよ」

話を途中で止められて、時生が不機嫌になる。海香に同意。時生に話させたら、夜が明けてしまう。


べベン、ベンベン。さあさあ、ここは僕の出番。みなさまに、『こころ』とはどんな話かをお伝えしようではないか。

夏目漱石の『こころ』は、学生の『私』が主人公だ。私は、鎌倉の由比ヶ浜で『先生』と呼ばれる人物に会う。

主人公は先生と呼んでいるけど、先生はただの無職の男だよ。まあ今風に言うならニートだね、ニート。

先生は夫人と二人で住んでいた。私は先生に惹かれ、先生との距離を縮めようとするけど、先生は一向に心を開いてくれない。

先生はいつも悲しげで、儚い香りが漂っていた。ミステリアスな人物だ。

私はかまわず、グイグイと先生に接近する。主人公の私は人の気持ちがわからない、空気が読めない奴だ。先生は根負けし、いつか自分の過去を話すと約束する。

私は、父親が病になり故郷に帰る。父親が死ぬ間際、先生から長文の手紙が届く。

私は、その結末に近い一節だけを目にする。

「この手紙があなたの手に落ちる頃には、私はもうこの世にはいないでしょう。とくに死んでいるでしょう」

私はびっくり仰天する。東京行きの汽車に飛び乗り、その手紙を読んだ。

その内容はこうだ。先生には親友のKという人物がいた。二人は、同時に同じ女性を好きになった。先生は、彼女をお嬢さんと呼んでいた。

ある日、事件が起きた。なんとKが、お嬢さんを好きだというのだ。

このままではお嬢さんをKにとられてしまう。そう考えた先生は、お嬢さんの母親に頼み、お嬢さんとの結婚を決めた。つまりKを出し抜いたのだ。そのお嬢さんが、今の先生の奥さんだ。

それが原因で、Kは自殺してしまった。

先生は、ずっとその過去を悔いて懊悩（おうのう）していた。そしてとうとうKと同じく、自分の命を絶ってしまった。

なんとも救いようのない、もやもやする話なのだ。

珊瑚が話を終えると、海香は不快そうに言った。

「何その話？　ぜんぜん意味わかんないんだけど。まずその『私』は、なんでそんな変な、『先生』に惹かれるの？　無職のろくでなしでしょ。それに最後に自殺したら、残された奥さんが可哀想じゃない。

それって奥さんより、Kの方が大事だったってことになるじゃん。マジでクズ男なんじゃないの。こんなのが教科書に載ってんの？　採用した人、頭おかしいんじゃないの？」

うーん、ちょっと複雑……。

『こころ』を読んで、僕も海香と同じ感想を抱いた。とにかくこの先生の行動が、むちゃくちゃなんだよ。

「あとKよ、K。先生がお嬢さんを好きなことぐらい、友達なら普通気づくでしょ。それに横取りされたぐらいで自殺するのは、どう考えたってメンタル弱すぎだって」

時生が声をとがらせる。

「今と当時の恋愛の観念はまるで異なる。今の価値観で、『こころ』を理解してはいけないのだ」

「はっ？　なんでよ。今なんだから、今の価値観で理解すんでしょ」

意外な海香の反撃で、時生がグッと言葉に詰まる。

珊瑚が困ったように言う。

「まあ、漱石の作品の中でも、『こころ』は失敗作だという人もいるよね」

「そんなことはない」

時生が首を振る。

「『こころ』ほど、恋と死について深く書かれたものはない。例えば、『こころ』の中にこんな一文がある。

『私はお嬢さんの顔を見るたびに、自分が美しくなるような心持がしました』

まさにこれこそが、恋愛の真髄を言葉にしたものだ。恋をすると、自分の身も心も美しくなる感覚が、私にもあるのだ」

「なるほど」

珊瑚がうなずく。

「さらにこの一文も素晴らしい。先生の言葉だ。

『私たちは最も幸福に生れた人間の一対であるべきはずです』

なんと含蓄にあふれた言葉だろうか。こんな一文、漱石にしか綴れまい。これこそが、恋愛の理想形なのだ」

興奮気味に語る時生を見て、僕は深く納得した。

幸福に生まれた人間の一対であるべき――時生の解釈では二人が幸せであることが、理想の恋愛なんだろう。

惚れた女性には幸せであって欲しい。

だから晴渡家の長男達は、そんな女性の悩みをかき消すために、時を遡ってきていた。

己の愛する人のために――。

そうやって、僕達時の天使の仕事を増やしてきたんだ……。

海香がビールを飲んだ。

「そんな辛気くさい、『こころ』の話なんかどうでもいいのよ」

おまえが、最初に『こころ』ってどんな話って訊いたんだろ……。

「それで時にい、これからどうすんの？　城南との出会いは阻止できたんでしょ」

「うむ。今からコイモドリをして、ホラー映画鑑賞の特訓に励もうと思う」

「なんでわざわざコイモドリすんのよ」

「明日には、真緒さんはもう東京に戻ってしまう。過去なら時間はたっぷり使える」

コイモドリは、惚れた女性一人に対して、一週間分の時間が使える。

同窓会で使ったのはほんの数時間なので、ほぼ丸々一週間分残っている。

「過去で真緒さんと、デートでホラー映画を観たりするといいかもしれないね。そこで兄さんに、好意を抱いてもらえばいい」

　珊瑚の提案に、時生が膝を打つ。

「まさに。その作戦でいこう」

「でもさ、その過去で真緒さんと仲良くなってなんか意味あんの？　だって過去の真緒さんの時にいへの記憶は、現在に戻ると消えるんでしょ」

　珊瑚が説明する。

「消えるんじゃなくて、潜るという感じかな」

「どういうこと？」

「過去に兄さんと過ごした楽しかった思い出は、真緒さんの顕在意識にはないんだけど、潜在意識には残っている」

「ぜんぜんわかんない」

「じゃあ海香、サブリミナル効果って知ってるかい？」

　海香が指を鳴らした。

「あっ、それは聞いたことある。一瞬だけコーラを飲む人のカットを入れたら、映画館のコーラの売上げが増えたってやつよね」

　有名な話だ。

「そう、それと似てる。兄さんの記憶が、その一瞬のコーラを飲むカットなんだ。だから真緒さんは、無意識下で兄さんに好意を抱く。恋のサブリミナル効果ってとこかな」

海香がズバッと言う。

「でも時にい、毎回ダメじゃん。そんなの効果あんの?」

時生が、大ダメージを受ける。格闘ゲームなら、残りゲージが赤になるやつだ。

やれやれという感じで、珊瑚が言う。

「何言ってんだよ。父さんがコイモドリを使って母さんを惚れさせたから、海香も僕も今ここにいるんだろ」

「……効果あんね」

珊瑚のカウンターを、海香がもろにくらった。

6

「古典だが、『悪魔のいけにえ』が私は好きだ」

時生がそう答えると、真緒がパッと顔を輝かせた。

「えっ、時生もなの。やっぱりあれが原点よね」

「あのレザーフェイスの最初の登場シーンの唐突さが、暴力と死の輝きを表現している」

「時生、わかってるね」

真緒がはしゃぎ、時生が手に力を込める。まさに血と涙と汗と、ほんの少しの尿の結晶だ。

過去に戻ると、時生は個室ビデオの店にこもって、ひたすらホラー映画を観まくった。

ガタガタと恐怖に震え、何度も絶叫し、失禁でパンツを濡らした。

僕も一緒に観ていたが、僕もパンツを濡らした……。

そのパンツの犠牲があって、なんとかホラー映画を鑑賞できるための耐久力を手に入れた。慣れとは偉大だ。

そして時生は真緒を誘い、さっきホラー映画を観てきたんだ。今は一緒にカフェで、ホラー映画の話に花を咲かせている。

恋愛にとって、趣味が同じというのは本当に重要なことなんだね。

真緒は時生を同級生と思い込んでいるので、現在の真緒よりも、口調がくだけている。だんぜんこっちの方が親近感が増す。

ホラー映画の趣味と、同級生コンボ——真緒の潜在意識に、時生エキスがドボドボと注ぎ込まれている。これは恋のサブリミナル効果が期待できそうだ。

「今日の映画もよかった。新人監督だけど、彼には独自の才能がある」

「うんうん。私、この監督のアマチュア時代の自主制作映画も観てるんだ」

「なるほど。それは実に興味深い」

また次に映画を観る約束をして、時生と真緒は別れた。

「時生、またね」

去り際に、真緒が笑顔で手を振った。その可憐さに、時生は完全にやられた。胸を押さえて、ガクッと膝をついていた。ズブズブに恋の沼にはまっている。

鼻歌交じりで胸を弾ませながら、時生はＤＶＤレンタルショップに向かう。

さっき真緒が言っていた映画はかなりマイナーなので、その店にしかないみたいだ。

広い、倉庫みたいな店だ。映画マニアには有名なところなんだって。

時生がＤＶＤに手を触れようとすると、横からニュッと手が伸びてきた。時生の手とその手が重なる。

「あっ」

その手の主を見て、時生が驚きの声を漏らした。

「時生じゃないか」

その人物は、城南だった。なぜ城南がいるんだ？　時生だけでなく、僕もあわてふためいた。

今は時間軸的には、あの同窓会の少し後だ。だから城南は、時生を同級生だと思い込んでいる。

「うっ、うむ」

「おまえもこの映画好きなのかよ。さすが深園高校映画同好会だな」

「でもこれ一本しかないからな……」

城南は、難しそうに腕組みをしたが、何やら閃いたようだ。

「そうだ。今から俺の家でこれ一緒に観ようぜ」

「えっ、城南氏の家で⁉」

時生が仰天した。

「いいだろ。同窓会でおまえと連絡先交換したかったんだけど、おまえいつの間にか帰っちやっただろ」

「面目ない」

「おまえと喋りたかったんだよ。来いよ」

城南が、強引に時生の腕をひっぱった。

二人で城南の自宅に行く。

港区にあるタワーマンションだ。部屋が広く、最新の家電だらけだ。家具もブランド物で、モデルルームみたいな雰囲気。

窓からは燦然と光り輝く東京の夜景と、東京タワーが見える。時生達の海猫から見える景色とは異なる、人工的な美しさだ。

大きめのソファーに、時生はちょこんと座っている。痙攣でもしたかのように膝頭を震わせ、「私の柔肌が……」とぶつぶつ言っている。

そういえばこのシチュエーションは、海香が言っていたのと同じだ。城南が真緒を自宅に誘って、その柔肌に唇を当てるとかなんとか。

それでビビってんのか、こいつ……おかしすぎて、腹がちぎれそうだ。

「ほらよ、時生」

城南が缶ビールを渡し、時生が受けとる。

時生が、意を決して言った。

「じょっ、城南氏。私を酔わせてどうするつもりだ。まさか、私の柔肌が目的ではなかろうな」

一瞬城南は言葉を失ったけど、すぐにふきだした。

「おまえ、バカかよ」

そこで時生が、ヘナヘナと脱力した。本気で怯えてたみたいだ。

プシュッと城南が缶ビールを開け、時生が平静に戻って言う。

「それにしても城南氏、凄いところに住んでいるではないか」

「俺が買ったんじゃないさ。妻の親が買ってくれたんだ」

つまらなそうに、城南がビールを喉に流し込む。

「逆玉の輿というやつだな」

「まあな。妻は会社の上司の一人娘なんだ。上司にどうしてもって頼まれたら、なんか断れなくてさ……」

自分の意思ではなく、周りの意思で結婚する。軟弱な男だ。

「この部屋は、全部妻の趣味だよ。いけ好かない、セレブ趣味だろ」

「いけ好かないとは思わない。趣味嗜好は人それぞれだ」

時生が否定すると、城南がしんみりと返した。

「それ、うちの妻にも言ってやってくれないか。俺の唯一の趣味であるホラー映画鑑賞も、妻が嫌がって、俺は家じゃ観られないんだ……」

贅沢な暮らしだけど、城南はちっとも楽しそうに見えない。

城南がグイグイとビールを飲み、時生も仕方なく付き合う。よほどストレスがたまっているのか、城南はもうかなり酔っている。

まさか、城南とこんな風に酒を飲むとは、時生も想定外だ。

「時生は今何してるんだ？」

「日々小説を書いて過ごしている」

城南が興味を示した。

「作家か、凄いな」

「凄くはない。プロではなくアマチュアだ。新人賞の一次審査すら一度も通ったことはない。私には文学の才能は皆無だ」

がっくりと時生が落胆するが、城南が怪訝(けげん)そうに言う。

「うん？　それは逆だろ。時生は凄いことをやってるよ」

「どうしてそうなる？」

「才能があって目指すのは当然だ。才能があるんだからな。才能がなくてあきらめるのも理解できる。才能がないのに続けるのは無駄な努力だ。

時生、おまえは才能がない。自分でそう思ってるんだろ」

「うむ」

時生がうなずくと、城南が目を輝かせた。

「なのにおまえは、あきらめずに夢を追っている。それは本当に、おまえの魂が追い求めることだからだ。それを凄いと言わずに、何を凄いと言うんだよ」

城南が熱弁を振るい、時生が元気になった。

そういう考え方もあるのか……僕は無駄な努力と半ばあきれていたけど、そう言われると、時生が立派に見えてくる。

あれっ、もしかして、城南ってすっごくいい奴なのか？　真緒を狙うただの不倫男かと思ってたけど、そうじゃないのかな。

「そうだ。やっぱりさ、久しぶりにあれを観ないか」

城南が立ち上がり、部屋から出ていった。逃げようかと時生が腰を上げたところで、城南がすぐに戻ってくる。手にはＤＶＤを持っていた。

それをデッキに入れて、再生しはじめる。画質がずいぶんと古い。

すると時生が、あっと声を上げた。

「真緒……」

そこに高校生の真緒が映っていたのだ。昔の真緒も息を呑むほど可愛いので、時生の心臓が激しく波打つ。

城南が、フッと頬をゆるめる。

「懐かしいだろ」

「これは？　一体なんだ？」

「ひどいな。覚えてないのかよ」

わざとらしく城南が顔をしかめ、時生が謝る。

「すまない」

「まあ昔の話だもんな。これにこだわってるのは俺だけか」

カランと城南がグラスの氷を鳴らす。ウィスキーの水割りだ。

「俺が高校時代に撮った映画だよ。主演は戸田でさ、時生が撮影を手伝ってくれただろ」

城南の記憶では、そう補正されているらしい。コイモドリの影響だ。

「うむ。思い出した」

時生が話を合わせる。城南は、酔い混じりの遠い目をした。

「当時の俺は、映画監督になることしか考えてなかった。ホラー映画監督になって、世界中の人に悲鳴を上げさせるって意気込んでた」

はた迷惑な夢だな……。

「映画の専門学校に行って、映画監督の道一直線だ。そう思ってたけど、結局普通に大学に行ってさ」

「なぜだ？」

「親と先生に反対されたんだよ。特に先生にバッサリ否定されてさ。映画監督になれるのなんて、ほんの一握り。映画監督の待遇や年収の低さや、実際にプロの映画監督になる確率とか出されてさ。俺が自分で企画して、オリジナルの映画を作りたいって言ったらさ、日本の映画は、大半が漫画か小説が原作で、オリジナルなんてできない。たとえ作れても、オリジナル映画の興行成績は……ってパパッとデータを出して、具体的な数字で現実をつきつけてくるんだぜ。数学の先生らしい説得だけど、ちょっとやり過ぎだよな」

ハハッと、城南が乾いた笑いを漏らした。

「それで俺、心がベキッと折れちゃってさ。なんの興味もない大学の経済学部に入ったんだ」

そういうことか。だからあれほど、時生を褒めたんだ。

「ブラブラと無意味な大学時代を過ごして、教授に勧められるままに、今の会社に入った。アパレル関係なんだけどさ。俺、そんなのまるで興味がない。仕事もつまらないけど、やめる勇気なんてない。さらに特に好きでもない、趣味の合わない女と結婚してさ。俺の人生なんなんだろうな」

ふうと、城南が細い息を吐いた。それは灰色で、煙草の煙のようなにおいがした。

急にこの豪華な部屋が、とても寒々しく見えた。人の姿が途絶えた、黄金の宮殿……。

城南がテレビのモニターに目をやった。そこには瑞々しい、高校時代の真緒が映っていた。

「俺、戸田のことが好きだったんだ……」

時生の表情が硬くなるが、城南はそれには気づかない。

「戸田主演で映画を撮ったのも、それが理由だよ。クランクアップしたら、告白しようと思ってたんだけどな……」

「どうしてしなかったのだ？」

「勇気がなかったんだよ。振られるのが怖くてさ。映画監督を目指せなかった理由とまったく同じだよ」

するると城南が、あらたまるように時生の方を見た。

「この前の同窓会でさ、戸田がいただろ？　時生、どう思った」

時生が即答する。

「綺麗だった。高校時代と変わらず」

「そうだな」

賛同するように、城南が口角を上げる。

「俺も十年ぶりに戸田に会ってさ、気づいたんだよ。俺、あいつのこと、まだ好きなんだって」

城南が左手の薬指から、指輪を外した。

「懺悔するよ。俺これ外してさ、戸田に近づこうと思ったんだ。既婚者だということを隠してさ。でもおまえが、俺は既婚者だと戸田に教えただろ」

「うむ」

時生がうなずく。

「ありがとな。あれで正気に戻ったよ。俺は、とんでもない過ちをしようとしてたって……不倫の恋なんて、女性を苦しめるだけだ。絶対するべきじゃないって……」

語尾が不明瞭になり、城南がうつらうつらしている。お酒を飲みすぎたんだ。

「俺は勇気がなくて、卑怯で、どうしようもない、最低の男なんだ……」

ズルズルと、城南がソファーに倒れていく。

時生は寝室に行き、毛布を持ってきた。それを優しく、城南の体にかけてやる。

意識が途絶える寸前、城南がむにゃむにゃと訊いた。

「でも時生……どうして俺が既婚者だって知ってたんだ……」

時生は、部屋の電気のスイッチを切った。

「おやすみ。城南氏」

7

「おかえり、兄さん」

時生がリビングに戻ると、珊瑚が出迎えてくれた。

時生がキョロキョロする。

「海香は？」

「兄さんが部屋を出てすぐに寝に行きましたよ。『こころ』の話で頭が痛くなったって」

いつも忘れるけど、時生が過去に旅立ってから、まだ一分しか経っていない。

「で、真緒さんとは仲良くなれましたか？」

「うむ。それは成功した感触がある」

「よかったじゃないですか」

「ただ意外な展開があったのだ」

偶然城南と出会い、彼の部屋で話をしたと、時生が珊瑚に伝えた。

時生がおずおずと言う。

「珊瑚、すまないが、もう一度『こころ』の話をしてもよいだろうか？」

「もちろんです」

「さっき私は海香にああは言ったが、実際のところ、主人公の『私』がなぜ先生に惹かれるのか、きちんと理解できていないことに気づいた。文学的な解釈としての、表面的な字面の、浅い理解の中に留まっていた」

時生が悔しそうに、唇を噛んだ。

「でも城南氏と話していて、私は『こころ』にあった、二つの言葉を思い出した。主人公はこう言っていた。先生は『自分を軽蔑していた』と。そして先生は、自分のことをこう言っていた。『私は淋しい人間です』と」

珊瑚が静かに返した。

「まさに城南さんですね」

時生が同意する。

「そう、城南氏は先生にそっくりなんだ」

僕はふと、城南のタワーマンションを思い返した。

人々の憧れである豪奢な部屋と人工物の夜景は、城南からすると、自身への軽蔑と淋しさを象徴する、砂上の楼閣だったんだ。

先回りするように、珊瑚が言った。

「で、兄さんは城南さんに惹かれた。まるで、『こころ』の主人公の『私』が先生に惹かれるように」

「そうなんだ。私は城南氏と話している際、『こころ』の『私』になりきっていた」

時生が神妙な顔した。

「私は遅ればせながらも、『こころ』の真髄を手中に収めた気がする。漱石は『こころ』の中で、人間の弱さと愚かさを表現していた。そして、そんなグズグズと腐敗する、不浄な魂の塊に魅了されてしまう、人間の業の深さと慈しみも。この作品が、時代を超えて読み継がれるのはそのためであろう」

珊瑚がしみじみと言う。

「漱石は偉大ですね、兄さん」

「ああ、偉大だ」

「そして、文学は素晴らしい」

そう珊瑚が続けると、時生が嬉しそうに破顔した。

そこでふと、僕は神様との会話を思い出した。

「おまえはもっと、人間を知らなければならない。そのためには、恋と文学を知る必要がある。晴渡時生から、それを学びなさい」

そう言って、神様は僕を下界へと送り出した。恋と文学――まさにそれは、晴渡時生の核となるものだ。

「で、兄さん、これからどうするんですか？」

珊瑚が話を促すと、時生がきっぱりと言った。

「珊瑚、私はKになろうと思う」

8

高校の食堂は、どこよりも騒々しい。野獣のように腹を空かせた生徒達が、丼飯(どんぶりめし)をかき込んでいる。食堂のおばちゃん達が、信じられないスピードで注文をさばいていた。

そんな喧噪(けんそう)の中、時生は一人トレイを持って立っていた。ブレザーの制服に身を包んで。

時生は、高校生になっていた。

時生は三十歳手前なので、さすがに十代の若さはないけど、周りは気にも留めない。これもコイモドリの効果だ。

時生の側に女子生徒が二人いた。一人がヘアピンをして、もう一人は眉が細い。ヘアピン女子が指さした。細眉女子の紙パックだ。

「牛乳、残してるよ」

細眉女子が、顔をしかめる。

「私、牛乳苦手なのよね」

それを時生が聞きとがめる。

「牛乳は飲むべきだ」

二人は一瞬言葉を失ったけど、細眉女子が反応した。

「なんでよ？」

「室井犀星がこう述べていた。

『牛乳ほど愛情のこまやかな飲料は古今に稀であろう』と。

この乳白色の液体には、牛と酪農家の愛情が込められている。飲めば飲むほど、君の体は慈愛で満ちあふれる。牛乳で魂を浸すがごとく、常日頃から愛飲すべきだ」

「……そんなに牛乳が好きなら、あなたにあげる」

不気味そうに、細眉女子が牛乳を渡そうとすると、時生がビッと手のひらを向けた。

「結構。私は牛乳を飲むと、お腹を下すのだ」

なんだ、それ……。

僕と同じ気持ちの女子二人を無視して、時生がスタスタと歩き出す。

男がラーメンを食べながら、何やら用紙を眺めていた。

その男は、城南だった。

そう、時生はコイモドリで、真緒と城南の高校生時代に戻ったんだ。

時生が向かいの席に座ると、城南がにこやかに言う。

「時生、ちょうどよかった。昨日やっと脚本の完成稿ができてさ。読んでくれよ」

やっぱり十代だけあって若いね。肌に張りがある。

「もう内容は承知済みだ」

時生が答えると、城南がきょとんとする。

「……どうしてだよ」

「いや、すまない。見せてもらおう」

バカ。城南の映画は、未来で見たんだろうが。

時生が目を通すふりをすると、こんな提案をした。

「この高校生Bの役を、私にさせてもらっていいだろうか」

「まあその役はほかの友達に無理矢理やってもらってるから、時生が担当してくれるなら嬉しいけど」

「では役を演ずるにあたって、監督に意見を申し上げたい。高校生Bがグラビア雑誌を読んでいるところで、殺人鬼に襲われるシーンがあるが、この雑誌を、夏目漱石の『こころ』に変更する」

城南が小首を傾げる。

「なんでだよ。ホラー映画で殺される被害者っていったら、だいたい軽薄なやつだろ。グラビアがベストだって」

時生は目を泳がせるが、どうにか理屈を作りあげた。

「……それでは私が役に入り込めない。それに高尚な文学作品にすることで、作品に重厚感をもたらし、ハリウッドのアカデミー賞会員の心を揺さぶるのだ」

「アカデミー賞って……高校生の自主制作映画だぞ」

「志を高く持て、城南氏。我々はこの映画で革命を起こし、タランティーノを小躍りさせ、スピルバーグと一緒に写真を撮るのだ」

「まあいいけどよ」

「では城南氏、撮影に入るまでに『こころ』を読破してくれ。一言一句余すところなく」

城南がうんざりと言う。

「勘弁してくれよ。これから撮影の準備で大忙しだってのに。本の内容がわからなくても、なんの問題もないだろ」

「君は監督だろ。作品に関することはすべて知り尽くすべきだ。かの黒澤明監督は、『赤ひげ』の撮影の際……」

「わかった、わかった。読むって。読めばいいんだろ」

城南がぶつぶつ言いながら、「『こころ』夏目漱石」と台本を書き直した。

時生が、確認するように訊いた。

「ところで城南氏、どうして戸田真緒をヒロインに抜擢したのだ？」

城南が口をもごもごさせた。

「うっ、うん……まあ戸田が一番ヒロインのキャラにあってるかなって」

「ヒロインは脳天気な女子高生だ。真緒さんとは似ても似つかないが」

「おっ、俺はそうは思わないけど」

高校生の城南が、真緒を好きなのは間違いないみたいだ。


その三日後、映画の撮影のために、時生達は廃校の校舎にいた。

コイモドリで過去で過ごせる時間は、一週間だ。ホラー映画を観たり、真緒とのデートで、時生は時間を費やしていた。

そこで時間節約のために、一旦現在に戻り、三日後に合わせてやってきた。

城南の映画の内容はこうだ。

とある大学生五人組が、廃校の校舎で肝試しをする。そこには用務員の殺人鬼が潜んでいた。彼は学校の道具を駆使して、次々と人殺しをするというストーリー。

無茶苦茶ベタだけど、高校生の作るものだからね……。

この辺りは少子化の影響で廃校が多いらしく、実際の校舎での撮影を許可してもらえた。

真緒がヒロイン、城南が監督兼演者、時生も演者だ。その他の生徒はカメラや照明や小道具、メイクなどを担当する。

真緒が懸念を声に出す。

「時生、私演技なんてできるかなあ……」

時生が胸を叩いた。

「大丈夫。真緒は、現代の原節子(はらせつこ)だ」

喩えがいちいち古いな……。

あっ、と真緒が手を叩いた。

「そういえば時生が教えてくれた、『悪魔のいけにえ』面白かった。私ホラー映画って苦手かと思ったけど、食わず嫌いだったみたい」

「真緒の趣味嗜好に完全に一致すると思ったのだ」

時生が、鼻の穴をふくらませた。中々ずるい手を使うな、時生。

撮影は、順調に進んだ。城南の指示は的確で、段取りもよかった。カメラアングルにもこだわっていて、編集すれば面白くなりそうだ。

僕は映画監督というものをよく知らないけど、城南には才能があるように感じられる。

「はい、カット」

城南が高らかに声を上げた。演技を終えた時生が水を飲む。

「城南氏、カットの叫び方がプロの監督みたいだな」

城南が満悦顔になる。

「本当か、そう思うか？」

「誤解を招いたようだが、私は本当のプロの監督の現場に立ち会った経験がない。あくまで私の想像上の、想像監督の話だ」

「……想像上でも嬉しいよ」

これぞ時生だな……。

ただ時生がこの時代に来た目的が、僕にはわからない。

映画撮影というイベントを通して、真緒との距離を縮め、恋のサブリミナル効果を強める目的だろうか。

でもこっちの時代に来る前に、珊瑚に言っていた。

『珊瑚、私はKになろうと思う』

あの宣言の真意はなんなんだろう？　時生が何をしたいのか、ぜんぜんわかんないな。

仲間の一人の女性が、タオルで汗を拭きながら、城南に尋ねた。

「ねえ、お風呂はどうするの？　風呂なしとか、絶対嫌よ」

「大丈夫。近くに地元の人が行く、温泉があるんだ」

城南が得意げに答えた。

今日の撮影も終わり、全員でその温泉に向かう。この校舎から歩いて行ける距離だった。小さな公衆浴場で、いかにも地元の人向けって感じだ。施設自体はボロボロだけど、みんなそんなことは気にしていない。

「うわあ、お風呂広い」

壁の向こうから、女子生徒達の桜色の声が聞こえ、男子生徒達が興奮する。これぞ、思春期男子。

でも時生はダメだぞ。おまえ、二十八歳だからな。条例が発動されるからな。

早々に時生は風呂から上がり、施設を出た。時生の頭から、湯気がフワフワと揺れている。

隣のベンチに座って、空を見上げる。一つ、二つ。カツッ、カツッと軽く地面を蹴った。

ふうと鈍い、群青色のため息を吐く。何か思い詰めたように、表情が曇っている。

真緒への告白の時間が近づいているからだ。コイモドリのタイムリミットが迫ると、時生はいつもこんな風になる。

澄み透った夜空に、まん丸な黄金の月が浮かんでいる。

時生が、月に向かって告白する。

「真緒、君が好きだ」

うん、僕も知ってる。月にだったら簡単に言える。でもその相手が月じゃなくて、惚れた人だったら……こんなに口にするのが怖くて、こんなに勇気が試される言葉はない。

相手の答えがイエスだったら天国に上り、ノーならば地獄へとたたき落とされる。

『幸福に生れた人間の一対であるべきはずです』……漱石、それって、とても難しいことなんだね。そりゃ古今東西の物語が、恋愛で埋め尽くされるわけだ。

「時生、何をしてるの？」

ビクッと時生が横を見ると、真緒が座っていた。

時生が激しく動揺した。

「バビボビベ」

呪文？　まあ月に向かって告白の練習をしていたら、隣にその張本人があらわれたんだ。無理もないか。

真緒の体から、ホカホカと湯気が立ち上っている。肌もつるっとして、なんだかゆで卵みたいだ。時生にとっては、世界一綺麗なゆで卵。

案の定時生が、真緒に見入っている。グツグツと赤面し、心臓が破裂寸前なのが丸わかりだ。

すると目に力が入り、唇がピクピクと動き出した。

おっ、マジか。ここで告白か。

「……月を見ていたのだ」

おいおい、今絶好のタイミングだろ。ほんと根性なしだな。でもまあそういう人間だから、コイモドリなんてチート能力を使っても、今まで恋が成就しなかったんだ。

歴代晴渡家の中で、一番恋愛下手な男。それが晴渡時生だ。

真緒も空を見上げた。その新雪のような白い肌に、淡い月光が射し込んだ。

「ほんとだ。今日は月が綺麗ね」

その瞬間、時生はハッとした。痙攣したように、全身がブルッと震えた。

それから、気迫のこもった形相に様変わりをした。

「真緒」

「どうしたの？」

時生の雰囲気が変わったので、真緒の表情が硬くなる。

「明日の撮影、脚本を変更する」

9

翌日、時生は図書室にいた。

もう廃校になっているので、当然本はすでにない。

空の本棚がポツンとあるだけだ。窓から日光が射し込み、埃の光線を作っている。かつてあった物語と知識の海は干上がり、ビニール袋や外国から流れてきたペットボトルのような残骸が、悲しそうに横たわっていた。僕にはそう見えてならなかった。

時生は浮かない表情で、その主人を失った本棚を眺めていた。

「時生、なんだよ。こんなところに呼び出して」

城南があらわれた。時生は、手に持っていた本を見せた。

「城南氏、『こころ』は読んだか」

夏目漱石の『こころ』の文庫本だ。

「ああ、読んだよ」

仏頂面の城南に、時生が語りかける。

「ならば話ができる。『こころ』は簡単に要約すれば、三角関係のもつれを描いたお話だ。お嬢さんを、先生とKが取り合い、最後に悲劇的な結末を迎える」

「……読んだから知ってるよ」

唐突に、時生が話題を切り替えた。

「城南氏、君は、戸田真緒が好きだな」

城南は少し怯(ひる)んだ表情をしたけど、すぐに覚悟を決めたように、瞳に火が宿った。

「そうだ」

「ならば君は先生で、真緒はお嬢さんだ。そして私は……Kだ」

強い衝撃で、城南が目を見開いた。その一言で、すべてを悟ったみたいだ。

「じゃあ時生、おまえも戸田のことが好きなのか?」

「うむ。彼女を愛している」

そう時生は、迷いなく言いきった。

「そして城南氏、君がこの映画のクランクアップで、真緒さんに告白することも承知済みだ」

「なっ、なんでそれを……」

今度の衝撃は、さっきよりも大きい。瞳が小刻みに揺れている。

「でも城南氏、果たして君は、そんな大胆で勇気ある行動に出られるだろうか？」

一瞬、城南はむっとしたけど、すぐに弱々しく、残念そうに肩を落とした。

「……おまえの言うとおりだ。無理だな。結局、想いは告げられそうにない」

「うん。君は弱くてずるい人間だ。真緒さんをヒロインに選んだのも、ただ単に個人的な好みだ」

ハハッと城南が、乾いた自虐的な笑みをこぼした。

「……俺って、『こころ』の先生みたいだな」

「悲観する必要はない。私も同じだ。真緒さんに告白する勇気は、残念ながらない……先生もKも、どちらも弱くて愚かな人間だ。そしてだからこそ、二人は親友だった」

時生が城南を見つめる。

「そして、私と城南氏も親友だ」

「時生……」

心が震えたように、城南が声を漏らした。

「だから君の親友として、一つ提案がある」

「……なんだよ」

「脚本を変更する」

「なんだって。今からかよ」

たまげる城南を、時生は無視する。

「今から撮影するシーンでは、私と城南氏と真緒が、殺人鬼に捕らわれる」

「ああ、三人が捕まる。そして俺と時生が、殺人鬼に斧で殺される」

「このシーンを変更する。殺人鬼が、我々にこう提案する。

『貴様達はこの女が好きだな。では愛の告白をしろ。この女がその愛を受け入れた奴だけ助けてやる』と。

そして真緒に、我々のどちらが好きかを言ってもらう。あくまで役の上だが、本心を口にして欲しいと真緒には言っておいた」

「なるほど……」

城南が感心する。これは本当にいい手だよ。演技の中でだったら、根性なしの時生と城南でも告白できるもんね。

時生は映画撮影を、恋愛対決の場として使ったんだ。

「その後の展開はどうする？」

「殺人鬼は嘘をついた。真緒が好きといった相手を殺す」

「……悪い奴だな」

「善人は殺人鬼にはならない」

そりゃそうだ。

「順番はどうする？　俺が先か、時生が先か」

「『こころ』では先生が先に告白した。先生は城南氏だから、君が先攻だ」

「いいのか」

「うん。私はKだからな」

後攻を選んだというわけか。『こころ』でのKは、結局告白することなく、自殺しちゃったけど。

そこで城南がしぶい顔をした。

「ただ一つ疑問がある」

「なんだろうか？」

「戸田が、俺達二人どちらも選ばなかったらどうする？」

「城南氏、そのときは……」

時生が、一拍置いて続けた。

「私と城南氏で、ホラー映画デートとしゃれこもうではないか」

「いいな」

城南がニカッと笑った。

昼休憩が終わって、撮影開始となった。

時生、城南、真緒が椅子にヒモでしばられている。手斧を持った、狐面の殺人鬼が側に立っていた。

殺人鬼が、低い声で言った。

「さあ、おまえ達、この女に愛の告白をしろ。この女がその愛を受け入れた奴だけ助けてやる」

真緒の表情には、濃厚な困惑が張りついている。演技ではなく、本当に困っているんだ。

城南が、勢いよく切り出した。

「戸田、俺はおまえが好きだ。昔からずっと。おまえが映画同好会に入ってきたときから。ずっと好きだったんだ！」

熱のある、心のこもった告白だった。とても根性なしの城南とは思えないほど、勇気があった。真緒の瞳に、感情のようなものが浮かんでは揺れた。

この先制攻撃は効果的だぞ。さあ次は時生の番だ。

時生の表情が緊張で染まる。拳と膝頭がカタカタと震え、それが椅子の脚へと伝わり、床が奇妙な音を立てている。

うわっ、これは無理だ。

僕は頭を抱えかけたけれど、そこで時生の表情が変わった。鼻から熱い息を吐き、グッと目に力を込めると、大きく口を開いた。

「真緒、好きだ……」

おおっ、やった。そう思った瞬間だった。突然、目の前の光景がプツンと途絶えた。テレビのプラグを抜いたみたいに。

えっ、と我に返ると、視界にポストが飛び込んできた。赤い丸型のポストだ。

つまり、現在に戻ってきたんだ。

「しまった……一週間経ってしまった」

時生が、呆然とつぶやいた。

過去で過ごす時間が一週間を経過すると、強制的に現在に戻る。でもよりにもよって、なんて最悪のタイミングなんだ。

時生があわてて外に出た。

一晩現在で寝てから、真緒の高校時代にコイモドリをしていたから、ちょうど朝の時間帯だ。

朝日とおだやかな海が、僕達を出迎えてくれる。海風を肌で感じ、潮のにおいを嗅ぐ。葉山のにおいだ。もう長くいるので、故郷になってしまってる……。

海岸で、白いワンピースを着た女性が散歩している。

真緒だ。

さっきまで高校生の真緒を見ていたので、大人の女性となった真緒には違和感がある。

「真緒さん！」

ハアハアと息を切らしながら、時生が叫んだ。

真緒がこちらに気づいた。満面の笑みで、ブンブンと大きく手を振る。

真緒は、時生を選んだんだ——。

解放感で胸が満たされる。やっと、やっと、お役ごめんだ。十年ぶりに自由になれるんだ。

ひゃっほぉっと歓喜の雄叫びを上げかけた、その瞬間だ。

「おーい、真緒」

男の、しかも聞き覚えのある声がした。振り向くと、誰かがこちらに歩いてくる。

それは、城南だった。

こちらも高校生ではなく、大人になっていた。真緒は時生にではなく、城南に手を振っていたんだ。

真緒と城南が合流すると、真緒が城南に時生を紹介した。

「あなた、こちらが晴渡時生さん、海猫の方よ」

城南が白い歯を見せた。

「そうなんですか。妻がお世話になりました」

「妻……」

ついという感じで、時生が濁った声を漏らした。

真緒が代わりに言う。

「ええ、私の夫の城南光一です」

未来が変わった――。

真緒と城南は不倫の関係ではなく、きちんとした夫婦になっていた。ただそれは、時生の望んだ未来じゃない。

うらやましそうに、城南が海猫の方を見た。

「いやあ、僕も仕事がなかったら泊まりたかった。素晴らしい宿だと妻が教えてくれて、一目でも見たいと始発に飛び乗ったんですよ」

「ほんと素敵よ。宿も、従業員のみなさんも」

真緒が目を細めて、時生を見る。その可憐な笑顔に、いつもの時生ならば赤面するけれど、その表情は沈み込んでいた。

「そうだ」と真緒が手を叩き、にこりと提案した。

「海猫のみなさんに、映画のチケットをお渡ししますわ。主人が今度撮った映画が上映されるんです」

時生が城南の方を見た。

「じゃあ城南氏は、映画監督なのですか」

「ええ、やっと商業映画でデビューができたんですよ」

「おめでとうございます」

声に抑揚はないけれど、心の底から時生はそう思っている。だって、Kの親友である先生の夢が叶ったんだから……。

城南が慎重に訊く。

「晴渡さん、ホラー映画は苦手じゃないですか？」

「苦手だったんですが、ある人のおかげで好きになりました」

「それはよかった」

無邪気に真緒がはしゃぐ。そのある人が自分だとは気づかない。

あの地獄のホラー映画特訓はすべて水の泡。切なすぎる……。

時生が訊いた。

「……失礼ですが、お二人の出会いのきっかけは？」

「えっ、出会いですか」

照れ臭そうに、城南と真緒が、お互いを見つめ合う。

「これですよ、これ」

城南がスマホを出し、何やら操作しはじめた。「あった、あった」と声を上げ、時生に画面を見せる。

そこには高校生の城南が映っていた。頭に斧が刺さって、血だらけになっている。

「僕と妻は、同じ高校の映画同好会でしてね。これは僕の初監督の作品なんですよ。妻が主演でね」

「……嫌だったんですけどね」

真緒がぶすっとすると、城南が快活に笑った。

「嘘つけ。ノリノリだっただろ」

こんな晴れやかに笑う奴だったっけ？　何か性格までもが変わっている。

「で、その中で真緒が好きな人を殺人鬼に告げ、殺人鬼がそいつを殺すっていうシーンがあるんですよ。これはそのときの写真ですね。真緒は僕を選んでくれたんです」

結局時生は、城南との恋愛勝負に負けたんだ。

えっ、時生が急に消えて、城南達は驚かなかったのかって？　そうだよね。当然の疑問だね。

あの後は時間の補正効果が働いて、時生っぽい、別の人物に変換されている。イメージはなんだろう。時生のコピーロボットみたいな感じかな。

時生を撮影したカメラの映像もそう。その時生風男子に入れ替わっている。

時生が、過去の中でも自由に行動できるのは、この時間と記憶の補正効果があるからなんだ。詳しい説明はまた今度するよ。

城南が、スマホをスクロールする。

「ほらこれが、撮影前にみんなで撮った写真。懐かしいな」

「ほんとね……」

真緒は目を細めると、ふと何かに気づいた。時生と画面を見比べる。

「時生さんって……春野君にそっくりね」

二人の中では時生は、春野という人物にすり替わっているのか。

「ほんとだ」

城南が不思議そうに、しげしげと時生を見つめる。

「……晴渡さん、僕らって昔会ってませんか？　なんだか初対面って感じがしなくて」

時生が微笑をたたえ、軽く首を左右に振る。

「気のせいですよ」

そして斜め右を指さした。

「あそこの景色は最高ですよ。よかったら、お二人で見に行かれたらどうですか」

「そうですね」

城南の唇が、優しい孤を描いた。

城南と真緒が、手を繋いで歩いて行く。その背中を、時生はじっと見つめていた。僕はその横顔を、チラッと覗き見る。

眉を八の字にして、唇をギュッと固く閉じ、今にも泣き出しそうだ。でもそのまなざしは、幸せそうな真緒と城南を捉えている。

そんな、悲しそうな面すんなよ……。

好きな人が、自分を好きになってくれない。

それって、なんて辛くて切ないことなんだろう。時生のこの横顔を見ると、いつもそう思う。

それでも人は、また恋をする――。

人間って不思議だ。

10

時生は縁側に座り、空を見上げていた。星影がかすむほど、満月が輝いていた。夜が黒子となって月を支え、最高の舞台を見せてくれている。

「兄さん、どうぞ」

珊瑚が時生の隣に座り、缶ビールを渡した。

時生はそれを受けとると、プシュッとプルタブを起こし、一口飲んだ。ふうと、背中と声を沈ませる。

「……珊瑚、また私は、もっとも幸福に生まれた人間の一対になれなかったようだ」

「でも真緒さんと城南さんは、そうなれたじゃないですか。幸せな人間の一対に。それは兄さんのおかげです」

「願わくは、私と真緒さんでありたかったが……」

チビッと、時生が缶に口をつけた。

「でも城南氏がホラー映画の監督になってくれてよかった。今の彼ならば、真緒さんを幸せにしてくれるだろう」

「城南さんは、自分で人生を選択する、強い心を手に入れたんですね」

縁台に、白い皿が置かれた。ビーフジャーキーが山盛りになっている。

海香が隣に座った。海香と珊瑚で、時生を挟む形になる。

「でもなんで恋愛対決なんかしたのよ。さっさと抜けがけして、真緒さんに告白すればよかったのに」

海香が、ビーフジャーキーを豪快に齧る。時生が女性に振られると、海香が買ってくるおつまみだ。

珊瑚が代弁する。

「それじゃあまるで先生じゃないか。元々真緒さんは、城南さんが好きだったからね。不倫の恋かもしれないけど、恋愛感情はあった。だから二人の再会を阻止したとき、兄さんはそこに心苦しさを覚えていた。そうじゃないですか？」

時生が、コクリとうなずく。

「しかも、兄さんは城南さんを気に入ってしまった。だから城南さんにチャンスを与えて、正々堂々と勝負したかったんだ」

珊瑚がフォローするものの、時生はすまなそうに訂正する。

「……珊瑚、正々堂々というのはいささか語弊がある」

「そうなんですか？」

「うむ。私は城南氏に勝てる、確実な勝算があったのだ。だからあの天下分け目の大勝負に挑んだ」

海香が目を剝いた。

「えっ、どこに勝算なんかあったの？」

時生が空を見上げた。

「真緒さんが私に向かって言ったのだ。『今日は月が綺麗ね』と」

お風呂上がりのあのときだ。

「それで真緒さんは、私が好きなんだと思った」

「ハッ？　なんでそうなんの？」

首を傾げる海香に、珊瑚が説明する。

「夏目漱石の逸話だよ。漱石が英語教師として英語を教えていたとき、生徒が『I LOVE YOU』を、『我君を愛す』と訳したんだ。すると漱石はこう返した。『日本人はそんなことは言わない。月が綺麗ですね、とでも訳しておけばいい』とね」

「何、そのまわりくどい表現……」

「機微を察し、行間を読むのが日本人の美点だよ。まあこれは作り話らしいけどね。でもこれだけ有名なのは、この逸話に日本人らしさがあるからだと思うな」

海香が呆れたように、時生を見た。

「それで時にい、真緒さんが自分のこと好きだと思ったの」

「……うむ」

時生がしゅんとなった。

「今回こそは、うまくいくと思ったのだが……」

あまりに意気消沈しているので、海香が心配した。

「ちょっと、先生とKみたいに自殺しないでよ」

「それはない。私には珊瑚と海香がいる。私が死ねば、おまえ達が悲しむからね」

珊瑚と海香が顔を見合わせた。二人同時に、フッと頬をゆるめる。なんて嬉しそうな表情なんだろう。

珊瑚と海香が一緒に、時生の肩に手を置く。珊瑚は左肩、海香は右肩。ちょうど珊瑚と海香の腕が交差した形になる。

珊瑚が空を見上げた。

「月が綺麗だね」

時生と海香も、顔を上げる。風のない夜空に、白銀の月が輝きを放っていた。

「だね」と海香がうなずき、「うむ」と時生が目元をゆるめた。

一緒に月を眺める変な三人きょうだいから、僕は目を離せなかった。

そしてなぜだか、漱石の『こころ』が読みたくなった。

第二話　『春琴抄』谷崎潤一郎

必ずお顔を見ぬように致します
ご安心なさりませ

1

みなさん、お元気でしょうか。僕は元気です。今日も今日とて、時生の側にいます。

えっ、時生もいいけど、もっと僕のことを知りたいって？　いやいや、そんなそんな、僕は自己顕示欲なしなし天使ですよ。

まあ一つだけ、僕の情報を教えてあげるよ。習字の時間に墨汁が翼について、みんなからしばらくの間、『漆黒の翼』って呼ばれてたんだ。危なく堕天使扱いされるところだったよ。

さあさあ僕のことはそれぐらいにして、我らが晴渡時生は、一体何をしているのでしょうか。

今、時生は、自分の部屋にいます。時生の部屋は二階。両隣は珊瑚と海香の部屋です。

畳敷きの六畳間で、布団と文机と座布団しかありません。時生が命の次に大事な本は、海猫の応接スペースにあるからね。

時生は几帳面なので、部屋の中はビチッと整理整頓されています。掃除もしっかりしているので、空中に埃一つ浮いてないよ。

海香は、刑務所みたいな部屋だと言ってる。ほんとひどい奴だよね。

その文机の前で、時生は今、原稿用紙に小説を書いています。

ほんと二十代の作家志望者で、手書きで小説を書く奴なんているの？　スマホで書く人もいるのに。

しかもこの原稿用紙、満寿屋（ますや）という店のもの。数々の名だたる作家が愛用してるんだって。

さらに満寿屋の原稿用紙は、文学賞を取れる原稿用紙としても有名なんだってさ。

えっ、時生って小説の一次審査も通らないんじゃないのって？

うんうん、わかるわかる。それは僕も思うよ。誇大広告じゃ……おっと。それを言わないでおくのが、天使の嗜（たしな）みってもんじゃん。本人が満足してるんだからそっとしておこう。

「ダメだあ」

時生が、髪の毛をかきむしる。うん、ほんと、形だけは文豪っぽいんだよな。

ただ原稿用紙を丸めて、ゴミ箱に捨てることはしない。用紙がもったいないから。そこは文豪っぽくはない。

あきらめたのか、時生が立ち上がる。窓をガラガラと開けると、朝ぼらけの潮の香りが流れてきた。淀んだ部屋の空気が洗われていく。

ここからは葉山の海が見えるんだ。

朝靄の中、淡い水平線から太陽が上りはじめている。これ、東雲っていうんだって。

東雲の太陽は、昼とは違って控えめだ。昼がイケイケの起業家だったら、朝は老舗の番頭みたい。僕は朝の太陽の方が好きだ。

そのなじみの海を見て、時生は少し落ちついた。時生のゆりかごは、この雄大でおだやかな葉山の景色だ。

着崩れを直して、海猫のキッチンへ向かう。海香と珊瑚が、朝食の用意をしている。今日は、ベーコンエッグとトーストとサラダだ。

時生が意気揚々と言う。

「二人ともおはよう」

「ちょっと、喋りかけないで！」

海香が、フライパンを凝視している。ベーコンの焼き加減に、海香は世界一うるさい。こいつは最高のカリカリを求めるハンターだ。

珊瑚がテーブルに料理を並べると、「いただきます」と全員で手を合わせる。

海香が、不快そうに顔をしかめた。

「うーっ、二日酔いだ」

珊瑚がサラダを取り分ける。

「昨日、葉月さんと飲んでたのかい？」

葉月とは、時生の友達だ。カフェ・の山の従業員で、ピアスだらけのあいつ。

葉月と海香は飲み友達で、海猫が休みの前日には二人そろって、居酒屋にくり出す。

「葉月さんって、むちゃくちゃお酒強いから、つい私も飲みすぎちゃうのよねえ」

「あいつはうわばみと酒呑童子(しゅてんどうじ)の隠し子で、前世は海賊の親玉だ」

時生が、ぶるっと震え上がる。時生は、何度も葉月に酔い潰されていた。酒が強いはずの時生でも、葉月には敵(かな)わない。

「でね、二人で飲んでたら男の二人組が声をかけてきたのよ。なんか軽そうな、いかにも俺達イケテルでしょ、みたいなチャラついた二人。軽くあしらったんだけど、とにかくしつこいの。それでね、その一人が短髪であごヒゲを生やしてたの。ほんと髪もヒゲも、毛量がちょうど同じぐらい。それでたれ目。

そしたら葉月さんがね、『なんだてめえ、逆さにしても顔に見える顔しやがって』って言ったの」

何それ、おもろっ。

珊瑚も、ククッと肩を揺する。

「それは最高だね」

「でしょ」海香が軽快に指を鳴らす。「ドカンッて店中のお客さんが大爆笑。ほんと店がふき飛ぶぐらいウケたの。逃げるようにして、そいつら立ち去っていったもん。なんか葉月さんが英雄みたいになってさ、拍手喝采、飲めや歌えやのどんちゃん大騒ぎ」

海香が会心の笑みを浮かべると、時生がなぜか落ち込んでいた。

「……海香、葉月がそんなことを言ったのか？」

「そうだけど、なんで時にいが落ち込んでんのよ。時にいは上下逆さにしても顔には見えないわよ」

「そんなことに落胆しているのではない」

「じゃあ何よ」

「詩人の中原中也は酒癖が悪く、悪口の達人だった。彼は初対面の太宰治に向かってこう言った。

『青鯖が空に浮かんだような顔をしやがって』と。

私はその逸話を聞いて、いたく感激した。酩酊した頭脳で、そんな卓越した比喩が出てくるのかと。青鯖が空に浮かんだような顔……まるで想像ができない。だがこれだけ人の心を捉えて放さない比喩表現があるだろうか。刹那（せつな）に、そんな歴史に残る言葉が脳裏に浮かぶ人間がいるのか。しかもそれをぶつけた相手が、かの太宰治なのだ」

ふーんと海香が素直に感心する。

「その中原中也って人、葉月さんみたい」

ガクッと、時生が肩を落とす。

「そうなのだ。私にはその、短髪あごヒゲ逆転男と相対して、そんな言葉をひねり出せる自信はない。私は葉月に完敗したのだ。ゆあーん、ゆよーん、ゆやゆよん」

中原中也の有名な詩の擬音だけど、その使い方は合ってんの？

珊瑚が励ました。

「兄さんもいざその場にいたら、きっと言えましたよ」

「……そうであろうか」

「そうですよ。で、小説の調子はどうなんですか？」

時生が苦い顔をする。

「むむっ、絶賛スランプ中だ。何度書いても満足な文章が綴れない。ひたすらに駄文を生み出し、潮曇りのような空虚な時間を過ごすのみ」

海香があきれる。

「言うことだけはいっちょまえに文豪なのよね」

「兄さん、そういうときは気分転換が必要だよ。一緒に映画でも観に行きませんか?」

スッと珊瑚が、チラシを差し出した。映画のチラシだ。

「それ、『湘南日和』じゃない。珊にいが関わってるやつよね」

「そうそう。つい先日完成してね。関係者向けの試写会を東京でやるんだって」

珊瑚は、湘南の観光協会に所属している。葉山のPRにもなるからと、映画製作に珊瑚も協力していたそうだ。ほんとにできる男だ、珊瑚は。

時生がきっぱりと断る。

「今日は漱石と龍之介と治の爪を切らねばならぬ。そんな時間はない」

猫の爪切りとは格闘である。時生の名言だ。

「まあそれは後でいいじゃないですか。絶対小説の参考になる。だから行きましょう」

「……珊瑚がそこまで言うのならば」

時生がしぶしぶと言い、よかったと珊瑚が満悦顔になる。

うん? なんか変だな。珊瑚にしてはやけに強引だ。

ということで、時生と珊瑚は東京の竹芝(たけしば)に向かった。そこに映画の試写室があるんだってさ。

葉山を離れると、時生の書生服は奇異な目で見られる。でも東京に到着すると、その視線はなくなった。コスプレの一種だと思われるんだ。

映画会社の建物の中に入って、僕は目を見張った。

映画に出演していた俳優達がいる。

一瞬で華やかな空気になるが、珊瑚のイケメンぶりは、彼らに引けをとらない。芸能事務所の人間が、珊瑚に声をかけている。スカウトされそう。

我らが時生は、一人ポツンとしている。時生、気にすんなよ。

試写が終わると、時生が感激をあらわにした。

「珊瑚、素晴らしい映画だった」

うん。この映画はマジでよかった。

若年性認知症の女性と恋をするという、よくある悲恋物だけど、女優の演技がとにかく見事だった。真に迫る演技とは、こういうことを言うんだろう。本当に病気なんじゃないかと思うほど、演技力のレベルが一人だけ段違いだった。

珊瑚がニコッとうなずく。

「さすが春野小糸（はるのこいと）ですね」

その女優の名前だ。今の若手女優の中でも、断トツの知名度を誇っている。ルックスも実力もあるんだから、そりゃそうだよな。すげえぜ、春野小糸。

ハッと弾かれたように、時生がきょろきょろする。

「小糸さんはいませんよ」

珊瑚が時生の意図を察する。出演者が何人かいるので、小糸もいると思ったんだね。残念っ。僕も会いたかった。

ただ他の役者さん達は来ているのに、主演女優はいないのか？　そこはたしかに不思議だな。

帰りの電車の中でも、時生は夢中で映画の話をしていた。よほど気に入ったようだ。悲恋ものは、文学でもよくあるからね。

逗子・葉山駅に到着して、海猫へと戻る。歩いて帰ろうと珊瑚が提案し、一緒に二人でぶらぶらする。

真名瀬海岸まで来ると、「あっ、いたいた」と珊瑚が首を伸ばした。

海岸に女性が一人佇んでいる。白いフリルのシャツに、オリーブ色のパンツを穿いていた。

彼女は、潮溜まりに目を落としていた。岩場に海水が溜まり、そこでは小魚やカニがたわむれている。格好の遊び場なんだ。

時生達が側まで寄ると、彼女が振り向いた。

あれっ？　女性を見て、僕はびっくりした。

サングラスをかけて大きなマスクをしている。表情はよくわからないが、顔が凄く小さい。体もきゃしゃで、海風で吹き飛びそうだ。その全身から、かげろうのようなはかなさが漂っていた。

時生も違和感を覚えたのか、妙な顔をして、彼女を見つめていた。

珊瑚が声をかけた。

「春野さん、もう来られていたんですね」

「ええ」

彼女がこくりとうなずく。

すると、時生が表情を一変させた。血の気が引いた顔で、唇をブルブルと震わせる。

「もっ、もしかして……春野小糸」

嘘だろ、と僕もあわてて彼女を見る。たしかに背格好は似ているけど、それは、ないない。

珊瑚が認める。

「その通りですよ、兄さん。春野小糸さんです」

マジかよ……さっきスクリーンで見た春野小糸が、なんでここにいるんだよ？

「ねえ、行っていいかしら」

小糸が声を発する。本当だ。さっき映画の中で聞いた、鈴の音のような、あの透き通る声だ。

小糸がそっけなく立ち去る。なんだよ。サングラスとマスクを外して、ニコッと微笑んで欲しかったのに。女優って普段は無愛想なんだな。ファンになってたのにがっかりだ。ぶうぶう。

時生が激しく取り乱す。

「どっ、どういうことだ、珊瑚。なぜに、春野小糸がいるのだ。しかも今、海猫へ入っていったぞ」

「彼女は今日、うちに泊まるんですよ」

なるほど。それで珊瑚は、執拗に時生を映画に誘ったのか。

「それは超常現象か何かか？」

「いえいえ、小糸さんが撮影の際に葉山を気に入られたらしく、よかったらぜひうちに泊まりに来て下さいと以前からお誘いしていたんです。すると小糸さんが、ぜひ今日泊まりたいとおっしゃられたんです」

ずいぶん急だな。でもなんか女優って感じもする。イメージだけど。

「でも小糸さんは、なぜ試写会にいなかったのだ」

「今、休業中だそうですよ」

「休業？　元気そうだったが」

「まあいろいろあるんですよ」

どこか含むような口ぶりで、珊瑚が答えた。


海猫に戻ると、海香が仏頂面で待ちかまえていた。

「ちょっと珊ににい、ＶＩＰが来るなら、もっと早めに言ってよ。こっちだって準備ってもんがあるでしょ」

珊瑚がなだめる。

「ごめん、ごめん。悪かったよ」

海香が、突然あたふたする。

「ああ、どうしよ。女優さんの接客なんかはじめて。もしかしたら小糸さんが私を見て、私の隠れた女優の才能を見抜くかもしれない。春野小糸の妹分として、デビューすることになったらどうしよう」

こいつ、妄想癖があるのか？

あっと思い出したように、海香が目を吊り上げた。

「それより、時にい。小糸さんに惚れるのは止めてよ。相手は女優よ、女優。一般人とは違う世界の人なんだからね」

恒例の恋愛警察だ。今日はＶＩＰ警護とあって、注意喚起が鋭い。

時生が眉間に力を入れる。

「そんなことは重々承知だ。彼女は銀幕の中の住人だ。現実には存在しない、架空の、想像上の、二次元の人なのだ」

なんでだよ。さっき実際に会っただろ。

珊瑚が笑顔で言う。

「兄さん、今小糸さんは、応接スペースにおられるから、コーヒーをお持ちしてくれませんか」

海香の表情が険しくなる。

「なんで時にいにさせんのよ。惚れられたら、面倒じゃない」

時生が同意する。

「うむ。惚れない自信はない」

何？　その聞いたことない自信。でもまあ、海香の言うとおりだ。いつも時生の恋が成就する可能性は低いが、今回は無理ゲー中の無理ゲー。

女優という恋愛ゲーム最強のラスボスに、戦いを挑む必要はない。さすがの時生も、それは理解している。好き好んで失恋の痛手を負いたがるバカはいない。

珊瑚がやんわりと否定する。

「そんなことはないさ。僕は小糸さんのような人こそ、兄さんのようなタイプを好むと思う」

時生の耳がぴくりと動く。

「珊瑚、そのご高説を詳しく聞かせてもらいたい」

「女優さんは読書家が多いし、小糸さんは小説が好きだそうですよ。特に文学が」

「ふむ、それは非常に興味深い情報だ」

海香が、真っ正面から切り捨てた。

「バカバカ、何真に受けてんのよ。相手は女優よ、女優。トップ・オブ・ザ・トップ。春野小糸クラスなんか、もう女神みたいなもんよ」

「……むむっ、たしかにそうか」

しゅんとする時生の背中を押すように、珊瑚が否定する。

「それは違うよ。そんな女優さんだからこそ、また他の女性とは異なる価値観を持ってるんじゃないかな。兄さんという人間の魅力を、ちゃんと見抜いてくれるはずだ」

おいおい、珊瑚。こいつは時生の過大評価が過ぎるぞ。これまでのあまたの失恋の歴史を、脳内消去してんのか？

時生が、鼻の穴から熱い息を吐いた。

「珊瑚、私がコーヒーを持って行こう」

うん。その気になっちゃったね……。

時生がお盆の上に、コーヒーを載せて持って行く。緊張しているのか、ソーサーがカチャカチャと鳴ってうるさい。

応接スペースの前で、一つ、二つ息を吐き、時生は中に入った。

小糸は椅子に座り、ぼうっと窓の外を眺めていた。

さっきまでは曇り空だったが、今はパラパラと雨が降りはじめている。

窓ガラスを、冷たい雫がすべり落ちた。土のにおいが混じった雨の香りが、ヒタヒタと部屋を埋めていく。不思議だ。雨になるとこの部屋は、時間がしんと止まる。まるで、湖底に沈んだ宮殿のように。

小糸はマスクはしているけど、サングラスはとっている。その少し切れ長の、星空のようにきらめく瞳を見て、僕はドキドキした。

本当に……春野小糸だ。

その小糸の横顔を見て、時生が硬直している。惚れるのを、ギリギリで耐えている表情だ。

そのとき小糸が、窓を見つめながら言った。

「『雨は蕭々（しょうしょう）と降つてゐる』」

時生が反射的に口を開いた。

「三好達治（みよしたつじ）『大阿蘇（おおあそ）』」

ゆるりと小糸が振り向いた。

「知ってるの？」

その艶やかな漆黒の瞳には、驚きの色が浮かんでいる。

蕭々とは、物寂しく感じられる様を表す言葉だよ。

「好きな詩です。蕭々というたった二文字で、雨が寂しそうに降る情景がまぶたの裏に浮かびます。あじさいの葉を濡らすかすかな雨音が聞こえ、甘く冷たい雨のにおいが、ツンと鼻先をかすめます。難解な言葉は理解されにくい時代ですが、蕭々という言葉は、ずっと、永久に残って欲しい。私はそう思うのです」

ベラベラと語りすぎたことに気づき、時生はハッと口を押さえた。ただ小糸は、別に気にする様子もない。

森の泉のように澄んだ声で、朗読をはじめる。

「『もしも百年が
　この一瞬の間にたつたとしても
　何の不思議もないだらう
　雨が降つてゐる
　雨が降つてゐる』
『雨は蕭々と降つてゐる』」
最後の言葉を、時生と小糸が同時に口にした。
百年が一瞬の間にたったとしても、何の不思議もないだろう……三好達治も、タイムリーパーだったのかもしれない。
小糸の目元が柔らかくなる。
「本当に、三好達治が好きなんだね」
おいおい目だけしか見えないのに、可愛すぎでしょ……熱した鉄みたいに、時生の顔がまっ赤になる。
お互い自己紹介をすると、外を散歩したいと小糸が言い出し、時生が付き添うことになった。
二人で応接スペースを出ると、珊瑚が待っていた。小糸さんと散歩をすると時生が告げると、珊瑚が嬉しそうに傘を持ってきた。

それを受けとると、二人で海岸を歩く。霧のような小雨が降り、灰色の雲が空を覆っている。物想いに耽るように、海が深く沈み込んでいた。

時生が、がっかりと言った。

「雨で残念です。晴れているときはここから富士山も見えるのです」

「雨の景色も素敵だわ」

小糸が、クルッと傘を一回転させた。雨のしぶきが舞い散る。うわっ、映画じゃん、映画のワンシーンじゃん。

まずいな。これで惚れるなと言う方が無理がある。でも時生は、どうにかこうにか耐えている。海香のアドバイスが効いてるんだ。女優への恋イコール失恋だからね。

あと小糸が大きなマスクをしているので、表情が見えないのも助かった。マスクがなかったら、もう時生はノックアウトだ。

海猫に戻ろうとすると、「あそこで休憩したい」と小糸が提案した。

それは、白い小さなボックス型の建物だ。葉山名物のバス停だ。

ここの窓から、名島の赤い鳥居、裕次郎灯台、江の島、富士山までが一直線で見える。CMの撮影で使われたこともある、有名なスポットなんだ。

二人でベンチに座るが、時生はそわそわしている。

「おっ、お休みの日は何をされてますか？」

うわっ……あせりすぎて、つまらない質問、第一位のやつじゃん。

小糸が抑揚のない声で言う。

「それ、インタビュアーによく訊かれる質問だけど、時生だとなんだか違って聞こえるね」

スッと、小糸の視線が時生に寄せられる。甘く澄んだ声で問いかけた。

「何してると思う？」

時生が口をパクパクさせる。

「……ハッ、ハンカチ落とし」

なんでだよ……。

ただなぜか、小糸がクツクツと笑い出した。「ちょっとお腹痛くなってきた」と身をかがめ、声を上げて笑っている。女優のツボは何かわからない。

笑みを残した小糸が、手の甲で涙を拭う。

「ハンカチ落としはしない」

「ハンカチ落としはお嫌いですか？」

「ううん。好き。でもそんなことができる友達なんて一人もいないもの」

「芸能界の愉快なお仲間とは、交遊関係はないのですか？」

うん。僕もそんなイメージがある。休日にバーベキューパーティーをやって、タワーマンションに出張寿司職人を呼ぶのが芸能人じゃないの？

「いないわ。だって芸能人は、三好達治も梶井基次郎も萩原朔太郎も室生犀星も北原白秋も知らないもの。そんな人たちと友達にはなれない」

そこで言葉を切ると、小糸がまっすぐ顔を向けた。星の絨毯のような瞳が、時生の目を捉える。吸い込まれ、永遠の安らぎを感じられる視線……。

「ねえ、ロビーの本棚って、時生のもの？」

時生がどぎまぎと応じる。

「ええ、私の愛すべき本です」

「知ってる？　人の本棚を見たら、その人がどんな性格でどんな人柄かわかるって話」

「風の便りで聞いたことは」

「私、あれ信じてるの。だから友達になるかならないかって、その人の本棚を見て決めるの。まず本棚が家にない人は論外。本を読まないなんて、そんなの人間じゃない。ただの動物。漫画本だけもありえない。

あとベストセラーというだけで、なんの中身もない小説、アウト。有名人というだけで書いた素人の小説、アウト。バカな編集者が、流行ってるという理由だけで作ったジャンル小説、アウト。インフルエンサーのビジネス書なんかあったら、もう即アウト」

小糸さん、中々の毒舌ですね……。

時生が、ゴクッと唾を飲み込んだ。

「私の本棚はいかがでしょうか？」

「あの本棚には、私が今あげた詩人や小説家達の本、全部あったね」

「もっ、もちろんです」

「最高。私達、親友になれるね」

ふふっと小糸が目を細め、雛菊のような手を差し出した。反射的に、時生がその握手に応える。ビビッとピンク色の電流が流れる。

あっ、やっちまった……完全に恋に落ちやがった。

おいおい、相手は女優だぞ。こんなに大負けの試合に付き合わないとダメなのかよ。

時生が勢い込んだ。

「小糸さん、あの映画を観賞致しました。素晴らしい映画で、魂がブルブルマシーンのごとく震えました」

「ありがとう。でもあれは、この湘南のロケーションがよかったから」

「次の映画を一日千秋の思いで待ちわびて……」

急ブレーキをかけたように、時生が言葉を飲み込んだ。

「すみません。小糸さんは、休業中でした」

すっかり忘れていた。

「休業じゃないわ。女優は引退したの」

「えっ、引退!?」

時生が頓狂(とんきょう)な声を上げる。

「どっ、どうしてですか?」

「女優の仕事ができなくなったの」

「……何かあったのですか?」

ゆっくりと小糸がマスクを外すと、時生がびくりとした。もちろんそれは僕も同じだ。

春野小糸の素顔を目の当たりにして、心を奪われたんじゃない。僕と時生は、ある一点を凝視(ぎょうし)していた。

小糸の右頬には、痛々しい傷跡があった。スパッと刃物で斬られた跡だろう。創痕(そうこん)というやつだ。四センチほどはある。

抜糸したばかりなのか、取り去られた糸穴が、不気味な点描を描いている。まだ微細な腫れが残り、淡いピンク色になっていた。

目にも鮮やかな新雪に、ビシャッと一筋の血を走らせた。そんな、見るも無惨な傷跡だった。

「一体、それは……」

動揺が隠せないのか、時生の声は震えて乾いている。

小糸は答えない。窓の方を向いて、ぽつりと言った。

「『雨は蕭々と降つてゐる』」

時生は無言のまま、小糸の横顔を見つめていた。銀色の冷たい雨の音が、白いバス停の中を浸していた。

2

「一体どういうことだ。珊瑚、説明を求む」

小糸は自分の部屋に戻り、時生は珊瑚と海香に、小糸の傷跡の話をした。

「珊にいは事情を知ってるの？」

海香も驚きで、瞳孔が開いている。

「知ってるよ。小糸さんの事務所の幹部の人から話を聞いたんだ」

珊瑚が沈痛な面持ちになる。

「ことの次第はこうなんだ」

珊瑚の説明によると、こんな話だった。

小糸のあの傷は、とある人物の仕業だった。

それは新人マネージャーの、富田英二（とみたえいじ）という男だった。

富田は、小糸の事務所に新卒で採用された。一流大学卒で成績も優秀。バスケットボールでインターハイに出たこともあるそうだ。

背も高く見た目も爽やかで、マネージャーにはぴったりの男だった。

研修が終わると、富田は小糸のマネージャーとなった。

しばらくはなんの問題もなく、富田は働いていた。非常に優秀だと高い評価を得ていた。

ところが数日前に事件が起きた。

小糸が事務所にいる際だ。会議室で、小糸は書き物をしていた。雑誌に連載している、書評の仕事だ。毎月一度、好きな本について書くというものだ。

家では集中できないので、毎回事務所の中で執筆していた。小糸が大切にしている仕事の一つだ。

発見したのは、事務所の事務員だ。廊下を歩いていると、普段は閉まっている会議室の扉が開いていた。

なんだろうと中を覗き込んで、事務員は悲鳴を上げた。

そこには血まみれになった小糸が、立ち尽くしていたんだ。

事務所は大騒動になった。

小糸が事情を説明した。富田が突然、「好きです」と小糸に告白してきたというんだ。富田は昔から小糸の熱狂的なファンだった。だから小糸が目当てで、事務所に入ったそうだ。つまり知らない間に、ストーカーがまぎれ込んでいたようなもの。

当然小糸が断ると、富田は逆上した。小糸を押さえつけ、手にしていた小刀で、「二度と女優ができない体にしてやる」と小糸の頬を切り裂いた。

そして富田は、逃げるようにその場を立ち去った。

事務所の人間は、すぐに警察に連絡をしようとしたけど、小糸がきつくそれを止めた。もし世間に知られれば、とんでもない騒動になる。事務所の管理責任にもなり、下手をすれば倒産する可能性もある。私はこの事務所を愛している。それだけは絶対に避けたいと。

悩んだ末、事務所は小糸の意見を受け入れた。懇意の医者を呼んで治療してもらい、内々に処理してしまった。

　仕事先の相手には、体調不良でしばらく休むと説明して。

「何それ！　事件じゃん、事件。その富田っていうのはどうなったのよ？」

　海香が激昂(げっこう)した。

「行方知れずだそうだよ」

　珊瑚が浮かない顔をする。

「でもそれって、バレたらとんでもない騒動になるね」

「まあ幸いこの事件は、事務所の上層部しか知らない。医者もそういうトラブル専門の人で、口は固いからね。情報が漏れる心配はなさそうかな」

「なんで珊にいは知ってんのよ」

「まあ僕は特別だから」

　ふふふと珊瑚が、不敵な笑みを漏らす。えっ、珊瑚ってスパイなの？

　むぅっと時生がうなった。

「まるで谷崎潤一郎の『春琴抄』ではないか」

　珊瑚が、形のいい眉を上げた。

「本当ですね」

海香が首を傾げる。

「何それ？」

「では……」と時生がコホンと咳払いをすると、「珊にい、教えてよ」と海香が促した。まあいつもの流れだよ。いつものもの。

ベベン、ベンベン。ということで、僕が『春琴抄』について説明しよう。

みんなご存じ、文豪・谷崎潤一郎の代表作だ。

時は幕末から明治。主人公は春琴という名の女性。彼女は容姿端麗、誰もが二度見をせずにはいられないほどの美女。

ただ彼女は盲目だった。眼病で視力を失ったんだ。盲目の美女って設定は、アニメでもありそうだよね。

あっ、谷崎の方が先か。失礼、失礼。谷崎、パクリ疑惑をしてごめんちゃい。

春琴には三味線の才能があり、演奏家となった。

もう一人の主人公が、佐助という男。佐助は春琴に惹かれ、世話係をしていた。さらに彼も三味線奏者を目指し、春琴と師弟関係となる。

春琴はわがままで気性が荒く、佐助への稽古は苛烈そのもの。撥(ばち)と罵声を浴びせられ、佐助は泣き出す始末。でも佐助は必死に食らいつく。盲目の美女にしごかれる、弱々しい男って感じかな。

そんなある日、春琴は妊娠し出産する。相手の男は誰だと問われても、春琴は頑として口を開かない。ただその子供は佐助にそっくり。言わなくても相手はわかった。つまり、佐助と春琴は男女の関係になっていた。エロッ。

しかし二人は夫婦にならず、その子供は里子に出される。カワイチョッ。

そして物語の核心となる、美濃屋利太郎という男が登場する。彼は春琴の美貌目当てで、三味線を習いにくる。まあ嫌味な金持ちのボンボンってキャラかな。

利太郎は梅見に誘って春琴を口説こうとするけど、春琴は激しく拒絶。機嫌を損ねた春琴は、利太郎への稽古の中で、彼の額に傷を負わせる。そのせいで、利太郎は弟子をやめる。

覚えてなはれ――。

そんな恐ろしい捨て台詞を残して……。

その一ヶ月半後、何者かが屋敷に侵入し、春琴の顔に熱湯を浴びせる。彼女は、顔に大きな傷を負ってしまった。あの美貌が、見るも無惨な姿へとなり果ててしまうんだ。

この顔を見せたくない。そう言い、春琴は佐助を拒むようになる。

すると佐助は、信じられない行動に出る。なんと自分の両目を針で刺し、自らの手で失明したのだ。こうすれば春琴の顔は見ないで済む。佐助はそう考えた。

もうこの描写がエグくてエグくて……僕、ここだけ薄目で読んだもん。谷崎潤一郎って、激ヤバサイコパス作家だよ。

その愚挙とも呼べる佐助の行動に、春琴は心を震わせる。佐助は佐助で、盲目である春琴の世界を知れたことに、深い喜びを見出す。

その後、佐助は春琴を支え続け、その一生を終えた。

珊瑚が話し終えると、海香が悲鳴を上げた。

「マジで、自分の両目を針で刺したの？　グロッ、グロすぎじゃん」

ほんと海香にあそこの描写を読ませたいよ。うわっ、鳥肌立ってきた……。

ふむふむ、と珊瑚がうなずいた。

「ふられた男が復讐として、女性の顔に傷を負わせる。春琴と小糸さんが、絶世の美女という共通点もある。たしかに、小糸さんの事件と『春琴抄』は似てますね」

時生が補足した。

「春琴の美貌が目当てで弟子入りする利太郎が、小糸さんの美貌目的にマネージャーになる富田とも重なる」

あとマネージャーって、世話係でもあるもんな。

そこで海香が指を鳴らした。

「あっ、もしかして、珊にいが小糸さんに海猫に来てもらいたかったのって、時にいがいるから？　時にいだったらコイモドリで、その事件を回避できるもんね」

珊瑚が素直に認めた。

「うん。兄さんだったら、この不幸を避けることができる。春野小糸がこのまま引退するなんて、日本の、いや、世界の映画界の損失だ」

それでいつも以上に、珊瑚は時生をけしかけていたのか。

考え直すように、海香が首を振る。

「いやいや、でも、さすがの時にいも、春野小糸に惚れるなんて無謀なことしないよ。恋の大冒険家じゃないんだから。小学校の遠足で行く山に登れない人が、エベレスト登山をするようなもんじゃん」

時生がドンと胸を叩いた。

「案ずるな、海香。準備はすでに整っている。私がその悲劇を阻止してみせよう」

「……さすが時にい」

そう海香が感心した。

3

時生は海猫の受付に行き、ピンク色のハガキを手に取った。『春野小糸』と丁寧な字で書く。

うむと満足そうにうなずくと、時生は応接スペースに入った。丸型のポストにハガキを投函すると、グニャグニャと視界がゆがみはじめた。

時空の旅のはじまり、はじまり。

その直後、時生は四角いポストの前にいた。ポストの形が、丸から四角になるのでわかりやすいね。

時計を見ると、一年前だった。

これは、富田が凶行に出た日じゃないよ。というのも、珊瑚がこう提案したんだ。

「富田の暴挙を阻止するのは、兄さんにも危険が及ぶ可能性があります。だから富田が事務所に入社するのを阻止しましょう。そっちの方が安全だし、確実です」

うーん、さすが珊瑚だね。頭がキレキレ。

今日は小雨がパラついている。時生の隣で、誰かが折りたたみ傘を広げていた。雨粒に都会の汚れが染みついていて、葉山よりも曇って見える。胸を重くする、排ガスのにおいがした。

時生が、巨大なビルの中に入る。さすが大手の芸能事務所だけあって、立派なビルだ。

スーツ姿の男性に声をかける。

「私はこの事務所で、春野小糸のマネージャーをしている、晴渡時生だ。さあ、中に案内したまえ」

彼は一瞬怪訝な顔をしたが、「何言ってんですか。晴渡さん」と返してハハッと笑った。

コイモドリの効果だ。

時生はマネージャーとして、ズンズンとフロアを進んでいった。壁には、所属する俳優達の映画やドラマのポスターが、ベタベタと貼られていた。

「小糸は今どこにいるのだ？」

「小糸さんは会議室で、コラムを書いてますよ。あの好きな本を紹介するってやつ」

時生の小鼻がプクッとふくらむ。

「おおっ、あれか。そういえばまだ読んでなかったな」

「今月号がありますよ」

彼が机の上にあった文芸誌を手渡した。時生が嬉しそうにページをめくると、一瞬怪訝な顔をした。うん、なんだろ？

彼に小糸がいる会議室の場所を教えてもらい、時生は無造作に部屋の扉を開けた。

部屋の中には、小糸がいた。

椅子に座り、テーブルの上には原稿用紙がある。時生と同じく、パソコンは使わないみたいだ。

うわっ、春野小糸がいるじゃん……。

さっき小糸の素顔を見たときは、まず頰の傷に目が奪われた。だからその美貌を堪能する気持ちの余裕がなかった。

でも今はその傷がない姿なので、心臓がバクバクと、酔っ払いのバッタみたいに跳ねている。天使のくせにとは言わないでよね。僕は、中学二年生男子天使だから。

時生も同じ心情なのか、ボウッと見とれている。おまえ、よだれ垂らしそうになってんぞ……。

「誰だい？」

部屋にいた男性が、問いかけてきた。

シワが深く、鬢（びん）に白髪が交じっている。ただ肌にまだ張りが残っているので、四十代ぐらいかな。老けて見えるタイプだ。

ヨレヨレのスーツを着て、猫背気味なので実に頼りない。とても大手芸能事務所の人間には見えない。

時生が名乗った。

「私は晴渡時生。今日の面接の試験官で、君とは同期入社だ」

彼の目に光が宿り、ほうれい線が濃くなった。

「なんだ、晴渡か。一瞬誰だかわからなかった」

コイモドリ効果。小糸の目の警戒の色も、スッと消えていった。

「そう、晴渡時生だ。この事務所に身も心も捧げ、馬車馬兼社畜兼奴隷と化し、粉骨砕身の想いで働く男なのだ」

「……うちはそんなブラック企業じゃないぞ」

「君の名と役職はなんだったかな？」

なぜか上司っぽい口調で、時生が問いかける。

「何言ってんだ。五十嵐（いがらし）だよ。春野小糸のチーフマネージャーだ」

えっ、この冴えないおじさんが、小糸のマネージャーなのか。すっごい、意外。

五十嵐がチラッと腕時計を見た。

「そうか、そろそろ面接の準備をしなきゃな。晴渡、呼びに来てくれたんだな」

「ああ、そうだ」

時生がうなずき、「小糸、ちょっと行ってくるよ」と五十嵐が言うと、「うん」と小糸が短くうなずいた。えっ、うなずき方も可愛いんですけど。

がらんとした広めの会議室に到着する。五十嵐が、早速椅子とテーブルを並べはじめた。

時生が目を丸くする。

「五十嵐氏が準備するのか」

そうだよな。五十嵐って結構な役職の人だよな。普通こういうのって新人がやるんじゃないの。

「せっかくうちの事務所を選んで面接に来てくれるんだからな。せめて自分の手で準備して、出迎えてやりたいんだよ」

こいつ、いい奴だな。謙虚系おじさんだ。

時生も手伝って、面接の準備を手早く整えた。

「ほらっ、晴渡」

いつの間にか、五十嵐がコーヒーを持ってきてくれた。

「ありがとう。五十嵐氏」

時生が笑顔で受けとる。五十嵐が窓の外を見ながら、ズズッとコーヒーを啜る。

高層階なので、灰色の雨雲がより近くに見える。窓ガラスが分厚いせいか、雨音は聞こえず、雨のにおいもしない。部屋の外と内で、世界が分断されているみたいだ。

五十嵐がぽつりと言う。

「『雨は蕭々と降つてゐる』」

時生がぴくりと反応する。

「三好達治『大阿蘇』」

おっという感じで、五十嵐がニコッと笑った。

「知ってるか、晴渡。俺、この詩が好きなんだよ」

五十嵐が、また窓の方を見る。

「日本語って雨の表現が、四百種類もあるんだってよ。夕立、桜雨、秋雨、小糠雨……七夕の雨のことはなんていうと思う？」

時生が即答する。

「灑涙雨。七夕の夜に雨が降ると、天の川の水かさが増す。すると織姫と彦星は会えない。一年に一度しか会えない二人だから、再会はまた来年に延期となる。二人の頰を濡らす、切なくも冷たい涙雨だ」

「涙を催す雨……ほんと粋で、情緒あふれる表現だよな」

感慨深そうに、五十嵐が窓を見る。

「美しい言葉を多く知れば、それだけ心も美しくなる。そんな芳醇な言葉は、魂のパンなんだ。灑涙雨なんてため息が出るほど美しい言葉を知るとさ、日本という国に生まれてよかったと、心の底から思うんだよ」

時生が話題を変えた。

「五十嵐氏、君の本棚にある本を当てて見せよう。三好達治、梶井基次郎、萩原朔太郎、室生犀星、北原白秋」

五十嵐が目をパチクリさせる。

「なんで知ってんだよ」

時生が手を差し出した。

「君と私は親友になれる」

目尻をゆるめ、五十嵐が握手に応えた。

「何言ってんだ。俺達は同期の親友だろう」

時生、おまえおじさんと友達になりにきたのかよ？　でも、ま、美しい言葉はいいよな。そこだけは同感だね。

時生が、スルッと質問を投げる。

「五十嵐氏、君は小糸のマネージャーになって長いのか？」

「おいおい、どうした。そんなの知ってるだろ」

「最近持病の記憶喪失が発症して、物忘れがひどいのだ」

「働き過ぎだ。病院に行けよ」

心配そうに五十嵐が言うと、時生がゴホゴホと咳き込んだ。

「この病には思い出話がてきめんに効くのだ。よかったら小糸との出会いの話を聞かせてくれないか」

なんだ、その設定？

懐かしむように、五十嵐が目を細めた。

「そうだな。あいつとの出会いは、小糸の地元の秋田だな。秋田にとんでもない美少女がいるって情報が流れてきてな、それで俺は秋田に向かったんだよ」

へえ、芸能事務所って、そんなことまでするんだ。

「ただほんと、噂ぐらいの情報でな。名前も秋田のどこにいるのかもわからなかった。それでひたすらいろんな人に聞いて、その美少女を探し回ってたんだ」

「まるで探偵だ」

時生がツッコみ、五十嵐が苦笑する。

「ほんとだな。でも空振り続きで、なんの手がかりも摑めなかった。あきらめて東京に戻ろうかと思ったそのときだよ。

俺はちょうど田園地帯の一本道にいた。周りは見渡す限り田んぼだけってとこだ。ちょうど夕暮れの時期で、稲穂が黄金色に染まっていた。それが風に揺れて、サワサワと音を立ててた。暮色と金色が地平線で溶け合って、淡く輝いていた。何か時間が止まったみたいな感覚だった。

そこにさ、道の奥の方から一人の女性が近づいてきた。ジャージ姿でヘルメットをかぶって、自転車に乗っていた。見るからに野暮ったい、田舎の女子高生だ。

彼女が近づくにつれ、俺はどんどん目を見開いていった。とんでもなく、美人だったんだ。

この業界にいるんだ、美男美女なんて見慣れている。でもそんな俺が、思わず息を吞んだ。たぶんその幻想的な光景のせいもあったんだろうな。もうこの世のものとは思えなかった。あの学校指定のジャージが、天女の羽衣に見えた。そして確信したよ。噂の美少女とは彼女だってな。

あわてて彼女に声をかけて名刺を渡し、その足で親御さんと話をさせてもらったんだ。ぜひうちの事務所に入って欲しいとな。

それが小糸との出会いだよ」

満足そうに、五十嵐がコーヒーを啜った。

「なるほど。それから小糸は女優の道を歩み出したのか」

「そのときは、人間離れした演技力の持ち主だとは思わなかったけどな」

つまり五十嵐は、小糸を発掘した人間ってことか。縁の下の力持ちとなって、春野小糸をスターにした立役者。えっ、それって凄えじゃん。ごめん。てっきり冴えないおじさんだと思ってた。五十嵐は敏腕マネージャーなんだね。


しばらくすると、他の面接官もやってきた。重役と五十嵐が、和気あいあいと話している。

面接の時間となり、リクルートスーツに身を包んだ面々があらわれた。うーん、みんな上品で成績がよさそう。

その中でも、あきらかに一人目立っている男がいる。ビシッと髪型を整えて、精悍(せいかん)な顔立ちをしていた。

これが、富田だ。

とても女性を傷つけるような、鬼畜の所業をする人間には見えないけど、人って見た目で判断したらダメなんだね。

面接がはじまった。他の役員達の質問に、みんながキビキビと答える。

その中でも、富田はあきらかに好印象だ。事務所のことをよく研究しているし、借りものではない、自分の意見を述べている。

おい、おい、どうすんだよ、時生。このままじゃ、普通に富田が入社しちまうぞ。

時生が、足元をパタパタとさせている。あせったときの癖だ。

「とっ、富田氏に質問があります」

他の人が喋っているのに、時生が話を断ち切る。

「なんでしょうか？」

富田の顔に緊張が走った。

「君は我が社の春野小糸のことが好きですね」

予想外の質問なので、全員が呆気にとられたが、富田だけ、キュッと頬がひきつった。

「……もちろん。春野小糸さんは、日本を代表する女優ですから。僕だけでなく、日本中の方々がそうだと思います」

同意を求めるように、富田が他の面接者を見渡す。一同がこくりとうなずき、富田がペースを戻した。

時生が追撃する。

「春野小糸が君のことを好きだと告白してきたら、君はどうしますか？　交際して欲しい。抱擁と接吻（せっぷん）をして欲しいと切望してきたら？」

呆れ混じりに富田が答える。

「そんなこと、あるわけないじゃないですか」

時生が叫んだ。

「それは想像力の欠如だ！　君はマネージャーには不適格だ！　今すぐ尻尾を巻いてこの場から立ち去りたまえ！」

なんだ、その無茶苦茶な論法は……。

「おいおい、晴渡君」と誰かがとがめようとすると、「僕もぜひ聞いてみたいな」と五十嵐がニコニコと言った。

「もちろん丁重にお断りさせてもらいます」

間髪（かんはつ）を容（い）れずに答える富田に、五十嵐が優しく問う。

「どうしてだい？」

「タレントとマネージャーの間に個人的な感情が芽生えたら、的確なマネージメントはできません。上司に相談し、他の方へと配置転換していただきます」

「満点の回答だね」

そう五十嵐がうなずき、富田が安堵の笑みを浮かべた。

はい、ゲーム終了。またやりなおしだ。

面接を終えて、他の面接官の意見を聞くと、やはり富田の人気は高かった。

専務が、満足そうに言う。

「富田君で決まりだね」

時生があわてて反論する。

「ダッ、ダメです。近い将来、富田氏は重大な問題を引き起こします」

「重大な問題？　なんだ？」

「彼は国家転覆をもくろむテロリストです。第二の桜田門外の変、二・二六事件をひき起こします。三度の飯よりクーデターが好きな男で、公安も彼をマーク中です」

専務が啞然とする。

「……何を言っとるんだ、君は」

「とにかく富田氏を入社させてはなりませぬ。蟻の一穴天下の破れ。シロアリならぬ、富田アリなのです」

「晴渡、君は個人的に彼が嫌いなだけだろ。そういう感情は抜きにしてくれないか」

しぶい顔をする専務に、五十嵐が重い口を開いた。

「私も富田君は遠慮したいです」

専務が意外な顔をした。

「五十嵐、どうしてだ？」

その口ぶりから、五十嵐の能力を認めているようだ。

「うちの春野小糸が好きだと告白するんですよ。マネージャーがそれを断りますか？」

訝(いぶか)しそうに、専務が片眉を持ち上げる。

「それが正解だろ。おまえがそう言ったじゃないか」

「断るという答えは正解です。だが答える間が、不正解です。あんな即答はありえない。俳優の才能に惚れぬくのが、真のマネージャーです。小糸が好きだと言ってくる。それを真剣に想像していない。本気で考え抜いた上で、彼には断って欲しかった」

専務が苦笑し、肩をすくめた。

「さすが春野小糸の育ての親だな」

五十嵐の助け船のおかげで、富田の採用は見送られた。

時生は、現在に戻った。すぐに小糸の部屋を訪ねると、

「時生、どうしたの？」

小糸が応対してくれた。マスクをしているので、傷が消えたかどうかを確認できない。

「あっ、えっ……あっ、事務所の方が、新しいマスクに変えるように、小糸さんに伝えてくれと。傷はまだ完全に治ってないから、清潔なものにした方がいいと」

おっ、うまい。

「……わかったわ」と小糸が気だるそうに、マスクを取る。

傷が残っていた……。

つまり、未来は変わっていない。

4

時生は自宅に戻ると、珊瑚と海香に、小糸の傷が消えなかったことを報告する。

海香が首をひねった。

「うーん、どういうこと？　富田が事務所に入るのを、時にぃが阻止したんでしょ。なのになんで、まだ怪我してんの？」

珊瑚がズバッと言う。

「時の矯正力が働いているね」

「そのとおりだ」

しぶい顔で、時生がうなずく。

おっとっと。ここでこのコイモドリの中での、重要な概念が出てきたね。ちょっとこれは、詳しく説明しておかないとね。大事な設定なのよ。

タイムトラベル系の作品で、バタフライ効果って言葉を聞いたことがないかな？

ブラジルの熱帯雨林で、一匹の蝶がはばたく。それによって発生したわずかな空気の揺らぎが、連鎖的な反応を巻き起こし、やがてテキサスで竜巻となった……。

要はわずかな変化が、その後の状態を大きく変えてしまう現象のこと。これがバタフライ効果と呼ばれている。

タイムトラベルものでは、過去に戻って与えたわずかな影響で、とんでもなく未来が変わる、みたいな感じで使われてるね。

でも時の天使である僕が断言するよ。これは実際にはありえない。

というのも時の河は、細いひょろひょろの支流ではないんだよ。長江のような滔々と流れる大河なんだ。ちょっとやそっとのことでは、時の流れは変わらない。

もう少し説明しよう。Aという人物が、Bという交差点で交通事故に遭ったとする。その事故を、時生が過去に戻って未然に防いだとする。

でもAはその直後、Cという交差点で事故に遭う。結局は、事故に遭っちゃうんだ。

これが時の矯正力なんだ。

ただこの矯正力にも強弱がある。弱ければ未来を変えやすいし、強ければ変えにくい。

今回の小糸の傷は、時の矯正力が強いケースかもしれない。珊瑚と時生は、それを危惧しているんだ。

珊瑚が続けた。

「富田の入社を阻止したのに、小糸さんはまだ怪我をしている。まあ考えられるパターンは、富田が入社以外の方法で、小糸さんを襲った」

海香が訊く。

「どんな？」

「わからないけど、待ちぶせとかそんなのかな。あるいは、富田じゃない別の人物が凶行に及んだケース」

海香が妙な顔をする。

「そんなことってある？」

「時の矯正力が強い場合は、富田の役回りを別の人間に押しつける可能性があるからね」

時生がうなずいた。

「おそらくそのパターンだ」

　海香が、お手上げのポーズをとる。

「何をしても小糸さんが傷つくように時間が矯正するんなら、どうしようもないんじゃないの？」

「いや、どれほど時の矯正力が強くても、未来が変わる分岐点は必ずあるはずなんだ」

　珊瑚の言うとおりだ。だがその分岐点は非常にあやふやで、わかりにくいケースが多い。失敗をくり返すうちに、あっという間に、タイムリミットの一週間を迎える。

　珊瑚が、険しい顔つきで言う。

「兄さん、とにかく直近の過去に戻って、もう少し情報を収集してくれませんか。考える材料が少なすぎる」

「わかった」

　そう時生がうなずいた。


　時生はコイモドリで、三日前に戻った。

　事務所に入ると、いきなり専務の部屋を訪ねた。

　専務だったら、小糸の一件は知っている。あの事件は、事務所の上層部だけが認知している。

　時生が早速尋ねた。

「専務、小糸の傷は誰がやったのですか？」

「何を言っている。おまえも知ってるだろ。高橋だ。高橋がやったんだ。まったく、なんてことをしてくれたんだ……」

　そう専務が頭を抱え、悲嘆に暮れた顔をする。

　富田ではなく、高橋になっている。つまり、別の人間にすり替わったパターンだ。

　詳しく状況を尋ねると、富田のときとまるで同じだった。ただ単に、人が変わっているだけだ。

　専務が嘆いた。

「こんなときに五十嵐がいれば……」

　時生が頓狂な声で訊いた。

「五十嵐氏はいないのですか？」

　専務が怪訝な顔をする。

「それも知らんのか？　お母さんが病気になったので介護をすると田舎に引っ込んだんだ」

「いつですか？」

「たしか三週間くらい前かな」

時生が語気を弱めた。

「そうですか……小糸さんの事故を聞いて、さぞかし五十嵐氏はショックでしょうね」

そりゃそうだよな。小糸と二人三脚でずっとやってきた人なんだから。女優生命が絶たれたなんて聞いたら、絶望するんじゃないか。

「何言ってる。そんなことはない」

きっぱり否定する専務に、時生がきょとんとする。

「どうしてですか？」

「五十嵐は小糸の一件を知らない」

「いくら事務所を辞めたとはいえ、さすがに五十嵐氏には伝えた方がよいのでは？　彼が小糸をスターにした功労者なのですから」

「もちろんまっ先に知らせたかった。今は緊急事態だ。戻って小糸のケアをして欲しかったからな。だがそれは不可能なんだ」

「なぜですか？」

「あいつは音信不通で、誰も連絡ができないんだ。まったく一体全体、どういうつもりなんだ？」

強烈な困惑を、専務が顔中ににじませた。

「音信不通……それはしょっちゅうあることなのですか?」

「あるわけないだろ。常に連絡を取れる状態にするのが、マネージャーの習性だ」

「ではなぜ五十嵐氏は連絡を絶っているのですか?」

「さっぱりわからん」

専務が眉をひそめ、湿った息を漏らした。

5

時生はまた現在に戻り、珊瑚と海香に報告した。

珊瑚が浮かない顔で言う。

「やはり別の人物が犯行に及んでいましたか」

珊瑚の表情が冴えないのも当然だ。このパターンは、時の矯正力が強い証拠でもある。

すると時生が、探るように切り出した。

「珊瑚、私はこの話は『春琴抄』に似ていると言っただろ」

「ええ」

「だったら春琴ともう一人の主人公である佐助もいるはず。そうは思わないか？」

「そうですね」

「その佐助がいたのだ」

時生は、五十嵐のことを二人に教えた。

珊瑚が納得顔になる。

「小糸さんと二人三脚で、共に歩んできたマネージャー。まさに佐助ですね」

海香が、グビッとビールを飲んだ。

「春琴、佐助、利太郎の三人、で、こっちは小糸さん、五十嵐さん、富田の三人ってわけね」

まあ今は犯人は高橋になったけど、ややこしいから、富田にしてるってことね。

時生が神妙にうなずく。

「そうだ。五十嵐氏の話を聞いていて、私の脳裏に、ある考えが去来した」

「何よ、もったいぶって」

「まずは『春琴抄』の話をしようではないか」

海香がげんなりする。

「ええっ、もういいって。目玉に針ぶっさす話なんか聞きたくないって」

「残酷なシーンはなしで話す。実は『春琴抄』で、春琴に熱湯を浴びせた犯人は、利太郎ではないという説があるのだ」

「えっ、なんで？　利太郎がふられた腹いせに、やったんじゃないの。『覚えてなはれ』って、関西弁丸出しの捨て台詞も吐いてたじゃない」

「たしかに利太郎には一番動機があるが、作中で作者は、他の犯人の説をあげている。春琴は苛烈な性格で、敵も多かったからだ。

　他にも、佐助に嫉妬した誰かという説もある。佐助は、あの春琴の美貌を独り占めしていた。春琴を傷物にして、佐助を悲嘆させよう。そう考えての犯行だという説だ」

「外部犯人説ですね」

　珊瑚が言い、時生がうなずく。

「うむ。そして作中では示唆されなかったが、佐助の犯人説もある」

　海香が疑問を投げた。

「なんでよ。佐助は春琴に惚れぬいてるんでしょ。そんなことするわけないじゃない」

「普通に考えるとそうなんだが、『春琴抄』は、佐助のマゾヒズム小説という一面もある。盲目の美女に罵詈雑言（ばりぞうごん）を浴びせられ、折檻されながらも耐え続ける。そこに佐助は無上の喜びを感じていた」

ゲッと海香が顔をしかめた。

「何それ？　変態小説なの？」

「人間のあらゆる欲望を表現することも文学なのだ。特に谷崎潤一郎は、耽美派の代表的な作家だ」

時生の語気が強くなる。

「佐助の欲望は次第にエスカレートする。佐助にとって春琴は、絶対的な美の象徴だ。春琴が老い、その美貌が失われていくのを、この目で見るのは耐えられなかった。だから春琴にお湯をかけ、自分の目を針で突いて盲目になり、春琴の美しさを、その脳裏で永遠に保つことにした」

「何それ。やっぱ。理解不能だわ」

海香が軽蔑気味に言う。

「それだったら、春琴にお湯をかけなくても、勝手に失明したらいいじゃない」

「熱湯で醜くなった、自分の顔を見られたくない。その春琴の想いを叶えるために針で目を突けば、春琴の心を永遠に捉えることができる。さらに春琴と同じ盲目になることで、彼女の世界の住人になれる。本当の意味で、春琴と心と心で繋がることができる。佐助にとっては一石二鳥どころか、一石三鳥だ」

「ひくって……」

ぞっとする海香に、珊瑚が笑ってフォローする。

「これが俗に言う『お湯かけ論争』ってやつだよ。各々の読み取り方で、いろんな風に解釈できる。『春琴抄』が文学史上の名作と呼ばれる由縁さ」

時生が本題に入る。

「『春琴抄』のおさらいができたところで、私の疑問を提示する。今回の小糸さんの事件、犯人は本当に富田なのだろうか？」

えっ、何々、それ？　なんか急に、ミステリー小説みたいになってきたんだけど。

そこで海香が気づく。

「『春琴抄』では利太郎が犯人じゃない説があるから、富田も犯人じゃないってこと？　それはありえないんじゃないの。状況的に、どう考えても富田じゃん」

「私もそう思っていたのだが、どうも違う気がするのだ」

「でも小糸さんが、富田がやったって言ってたじゃん」

「犯行現場を、誰も目撃していない。すべては小糸さんの証言のみだ」

「じゃあ時にいは、小糸さんが嘘をついているって言いたいの？　なんのために？」

珊瑚がそこで気づいた。

「佐助をかばうためだ」

　時生が鷹揚にうなずく。

「そう、つまり今回の佐助は五十嵐氏だ。五十嵐氏の犯行ならば、小糸さんが彼をかばう説明がつく。何せ自分を発掘し、女優にしてくれた恩人なのだから」

「五十嵐さんだったら、事務所に自由に出入りできますしね」

　珊瑚が言うと、時生が声に熱を込める。

「しかも五十嵐氏は、事件の三週間前に事務所を辞めて、田舎に帰っている。さらに音信不通で誰とも連絡が取れず、居場所も不明だ」

「……それは怪しいわね」

　むむっと海香が思わず声をこぼすが、すぐさま疑問を投げる。

「でもなんで五十嵐さんがそんなことすんのよ？　意味わかんない」

「そこは五十嵐氏に、直接問いただすしかない」

「どうやって？　音信不通で居場所もわかんないんでしょ」

　海香の疑問に、「あっ……」と時生が声を詰まらせる。

　おいおい、せっかく調子よかったのに、肝心なところがダメじゃねえかよ。

　ふふふ、君は名探偵ならぬ、迷探偵だね。

この台詞、一回言ってみたかったのよ。

すると珊瑚が、素早くフォローする。

「コイモドリの能力ならば、居場所がわかるんじゃないですか」

「その通りだ」

時生が、ガバッと立ち上がった。

6

時生はコイモドリで、一分前に戻った。

四角いポストが目の前にある。時生が住所を確認すると、そこは青森の八戸(はちのへ)だった。ずいぶん遠いんだけど、コイモドリだと一瞬だ。旅行にはもってこいの能力だね。

ポストの側には、赤提灯が灯っている。居酒屋だ。

時生が引き戸を開けると、小さな鈴が鳴った。カウンターと、テーブル席が二つほどの小さな店だ。古い銅製のおでん鍋が、コトコトと音を立てている。乳白色の温かな湯気が、まぼろしのように揺れていた。

そのカウンターの奥に、一人の男が座っている。熱燗(あつかん)をチビチビと飲んでいた。徳利がズラッと並んでいる。

時生はその隣に座った。

「五十嵐氏、こんなところにいたのか」

その人物は、五十嵐だった。

コイモドリを使うと、目的の人物の一番近くにあるポストへと瞬間移動できる。この能力を使えば、居所がわからない人間も簡単に探り当てられる。

うっ、うん。僕も珊瑚より先に気づいてたよ。だって時の天使だからね。そりゃわかってたさ……。

五十嵐が仰天の声を上げる。

「晴渡、どうしてここがわかったんだ?」

時生は何も答えず、酒とおでんを注文した。徳利の酒をおちょこに注ぎ、グイッと飲んだ。

それから朗々とした声で言った。

「『酒場にゆけば月が出る

犬のやうに悲しげに吼えてのむ

酒場にゆけば月が出る

酒にただれて魂もころげ出す』」

心底嬉しそうに、五十嵐が微笑んだ。

「室井犀星の『酒場』か」

さすがによく知っている。

「五十嵐氏、どうして事務所を辞めたのだ」

「言っただろ。親の介護だよ」

「それは嘘だ」

「………………」

沈黙する五十嵐に、時生が探りを入れる。

「五十嵐氏、君は春野小糸が、休業しているのを知っているのか？」

「何？　どうしてだ？」

五十嵐が狼狽する。その顔色を読むように、時生が五十嵐を観察する。

うーん、演技には見えない。

「案ずるな。少し体調を崩しているだけだ」

「そうか」

五十嵐が胸をなでおろした。時生がズバリと言う。

「五十嵐氏、君は春野小糸が好きなのではないか？」

「……俺は彼女のマネージャーだったんだ。好きに決まっているだろ」

「そうではない。異性として、一人の女性として、彼女に惚れているのではないか？」

五十嵐が笑い飛ばした。

「バカ言うな。俺はプロのマネージャーだぞ。それにあいつとは、二十歳以上も離れてるんだ。恋愛感情なんてあるわけがない」

時生が、目と声に力を込めた。

「恋は理屈ではない」

「………………」

五十嵐が押し黙った。

「そしてもう一つ、小糸も五十嵐氏のことが好きなのではないのか？」

僕はびくっとした。

えっ、なんでそうなんの？　さすがにそれはないでしょ。五十嵐って、ゴリゴリの老け顔おじさんだよ。あんな女神みたいな人が、こんな中年に惚れるわけないって。

五十嵐の目の色が、ゴボッと深く濁った。

「どうしてそう思う？」

「彼女が好きな本は、すべて五十嵐氏が好きな本だ。彼女の文学と詩を愛する心は、君からの影響だろう。君は純白の花弁のような美しい言葉を与えることで、彼女を一流の女優へと育て上げた。身も心も美しくあることが、名女優の条件である。それが君の信念なのではないか？　だからこそ彼女は、万人の胸を震わせる、迫真の演技ができるのだ」

熱のこもった時生の口ぶりに、五十嵐が静かにうなずく。

「そしてその静謐で透明な彼女のまなざしは、人の本質を見抜く。小糸が五十嵐氏に惹かれても、私にはなんら不思議ではない」

「晴渡、妄想もそこまでいくと芸になるな。おまえは芸能の仕事じゃなくて、作家の方が向いてるんじゃないか」

「えっ、五十嵐氏、そう思うか？」

褒められたので、時生が声を弾ませる。おいおい、テンションが違うだろう。

正気に戻るように、時生がゴホンと咳払いをした。徳利を持ち、五十嵐のおちょこに傾ける。

「『酒にただれて魂もころげ出す』。さあ、この一献と共に白状したまえ」

五十嵐がグィッと酒を呷った。頰に、ほっと赤みが差した。

「……おまえの言うとおりだよ。俺は、小糸に惚れている」

観念したように、五十嵐が息をこぼした。本当に、魂がころげ出したような声色だった。

「まさか出会ったときからとか？　あの秋田の最初の出会いで、一目惚れしたとか」

　ビクビクする時生に、五十嵐が即座に否定する。

「そんなわけないだろ。俺は変態じゃないんだぞ」

　ギリセーフ！

「ただ一目惚れしたのは、あいつの才能だ。秋田であいつと出会い、あいつの演技力を目の当たりにして心底思った。春野小糸は、日本を代表する名女優になるってな」

「いつごろから彼女を意識し出したのだ？」

「あいつが二十歳を超えたあたりだ。正直、自分の小糸への気持ちに気づいたとき、俺は激しく動揺したよ。プロのマネージャー失格だと自分を執拗に責めた。何かの間違いだと神を呪ったほどだ」

　酒混じりの息を、五十嵐がこぼした。実直で生真面目な五十嵐には、ありえないことだったんだろう。

　時生が、実感を込めて慰める。

「恋は病みたいなものだ。どれだけ避けようと思っても、避けられるものではない」

「……おまえの言うとおりだよ」

　さすが時生。年がら年中恋の病にかかっているだけのことはある。ベテラン患者だ。

五十嵐が訥々と続ける。

「絶対にこの気持ちを周囲に、特に小糸に気づかせてはならない。そう細心の注意を払っていた。この恋愛感情を押し殺して、一生胸の中に封印する。そう固く、固く心に誓った。だが夢想だにしないことが起きた」

時生が重々しく言う。

「小糸が、君に告白した……」

五十嵐が、ガクッとうなだれる。

「そうだ。あいつも俺への想いを隠していたが、とうとう我慢ができなくなったそうなんだ。正直信じられなかったよ……」

えっ、マジで両想いだったの？　そんなことって現実にあるの？

時生が落ちついて尋ねた。

「で、君はどうしたのだ？」

「もちろんきっぱりと断った。女優とマネージャーの恋なんて、タブー中のタブーだ。職業倫理として、絶対に許されるべきことではない」

五十嵐はプロ意識が高く、富田は皆無だったんだな。

「それに小糸はこれから、日本を、いや、世界を代表する女優になる可能性があるんだ。俺なんかと付き合ったら、その経歴に泥を塗ることになる。すると小糸は、こう言い出した。女優を辞めて、俺と一緒になりたいと……」

その赤らんだ顔が、苦渋に満ちあふれる。

「もうこうなっては、俺がこの業界から身を引くしかない。俺という存在が、小糸の邪魔になっている。だから誰とも連絡を絶ち、田舎へと引っ込んだんだ」

「小糸の気持ちはどうなる？」

「小糸の感情は恋愛じゃない。インプリンティングだ」

鳥の雛が生まれた直後に見たものを、親と認識することだね。

「小糸が雛鳥だと言いたいのか」

「そうだ。小糸の場合は親としてではなく、異性として俺を見てしまった。ただそれだけのことだ。あいつにはもっとふさわしい男性がいる。春野小糸だぞ。男なんざ、よりどりみどりだ。こんな二十歳以上も歳の離れた、しょぼくれたおっさんと付き合うなんて、考えられない」

そう五十嵐が、やりきれない感じで首を振る。クツクツとおでんが煮える音が、やけに耳の奥に響いてきた。

7

「五十嵐氏も犯人ではないというのが、私の結論だ」

現在に戻ると、時生は珊瑚と海香に、五十嵐の話を伝えた。

僕も時生と同意見だ。

五十嵐は、女優・春野小糸の才能に惚れ込んでいる。命である顔を傷つけて、女優の道を閉ざすようなマネをするはずがない。『春琴抄』の佐助のような屈折した性癖は、五十嵐にはない。

海香が困惑気味に言う。

「富田も五十嵐さんも犯人じゃないっていうんなら、一体誰が犯人なのよ?」

時生が答える。

「『春琴抄』のお湯かけ論争には、もう一つ有力な犯人説がある」

「誰よ?」

「春琴による自作自演説だ」

海香がびっくり仰天する。

「えっ、春琴ってお湯をかけられた張本人でしょ。そんなことするわけないじゃない」

「春琴の動機としては、自分が老いても、佐助をずっと自分の側に置きたいというものだ。たださすがにこの説には無理がある。お湯で自分の顔を醜くしても、佐助が目を潰すかどうかはわからない。それに春琴は盲目で、その行動自体が不可能だ。だからこれまで私も口にしなかった」

珊瑚が補足した。

「佐助と春琴の共謀説。はたまた、ただの事故説というのもありますね」

うむ、と時生が認める。

「そちらの方が可能性が高いな。だが今回の小糸さんの事件に関しては、小糸さんが自らの意思で、頰に傷をつけたのではないだろうか。つまり春琴犯人説だ」

海香が疑問を投げた。

「なんでそんなことすんのよ」

「小糸さんは五十嵐氏に告白したが、五十嵐氏は拒絶した。そこで小糸さんは自暴自棄になり、小刀で自分の頰を切り裂いた」

ないない、と海香が手を振る。

「いくらなんでもやりすぎでしょ」

「自分が女優だから、五十嵐氏は愛の告白を受け入れなかった。ならば女優ができない顔になればいい。小糸さんは、そう思ったのではないだろうか」

「それはあるかもしれません」

珊瑚が同意する。

「最初の時間軸では、五十嵐さんが事務所を辞めた直後に、富田が小糸さんに告白した。富田は五十嵐さんと同じマネージャーなのに、あっさりとそのタブーを犯した。その軽薄な行動に、小糸さんは激昂した。様々な感情が爆発して、そんな暴挙に出た」

海香がバサッと否定する。

「ありえないって。女性が自分から顔に傷をつけるなんて。女優を辞める手段なんて、いくらでもあるじゃない」

時生がゆるりと言う。

「いや、それに違いない。確信がある」

「何よ、確信って」

「小糸さんは、文芸誌に好きな本を紹介するというコラムを書いている。そのコラムを読んで、私は驚いた」

「なんでよ？」

時生が声を低めた。

「なんとその紹介した本が、『春琴抄』だったのだ」

思い出した。事務所で雑誌を読んだとき、時生が一瞬妙な顔をしていた。

トントンと、海香が額を指で叩いた。

「……偶然にしてはできすぎてるわね」

珊瑚が断言した。

「決まりですね。小糸さんは『春琴抄』を読んで、そこからヒントを得た」

びくびくと海香が尋ねる。

「……五十嵐さんが目を針で突いてくれると思ったの？」

「それはないけど、そうでもしないと、五十嵐さんは本心を打ち明けない。小糸さんはそう思ったんじゃないのかな。ただ誤算だったのは、五十嵐さんが音信不通になって、その事件を知る手段がなかったことだ」

詰めた息を、海香がこぼした。

「小糸さん、本当に五十嵐さんが好きなのね……」

同時に、全員が黙り込んだ。その深海のような愛の重さに、打ちのめされる。そんな感じの、苦しい沈黙だった。

海香が、髪の毛をかきむしる。

「自分で傷を負ったんなら、もう止めようがないじゃない。どうすんのよ？」

時生が唇を嚙んだ。

「……五十嵐氏と小糸さんの恋を成就させるしかない」

「時にいは、それでいいの？　小糸さんのこと好きなんじゃないの？」

「大好きだ！」

時生が、苦しそうに絶叫した。

この姿を見ればわかる。時生はもうどっぷりと、頭のてっぺんが沈むまで、小糸に惚れ抜いている。時生の恋は、いつだって真剣そのものだ。

海香が、ポンと何か閃いた。

「じゃあさ、時にいが五十嵐さんの代わりになればいいんじゃない。五十嵐さんも時にいも、趣味がおんなじでそっくりじゃん。どっちもおじさんだしさ」

「……五十嵐氏は四十代で、私はまだ二十代だ」

不機嫌になる時生を、海香がスルーする。

「まあ二人とも、おじさんポエマーってことじゃん」

なんちゅうカテゴライズだ……。

幻冬舎文庫 7月の新刊

幻冬舎文庫は毎月10日ごろ発売！

猫のホンダニャン

書店員のブンコさん

©益田ミリ 2024.07

リボーン
五十嵐貴久

「リカ」は、あなたの中にいる。

いくつもの死体を残し、謎の少女と逃走した雨宮リカを、警視庁は改めて複数の殺人容疑で指名手配した。一連のリカ事件に終止符を打つことはできるのか？「リカ・クロニクル」ついに完結！

オリジナル

693円

砂嵐に星屑
一穂ミチ

希望は星屑のように、そこかしこにある。

舞台は大阪のテレビ局。腫れ物扱いの独身女性アナ、ぬるく絶望している非正規AD。一見華やかな世界の裏側で、それぞれの世代に様々な悩みがある。ままならない日々を包み込み、前を向く勇気をくれる物語。

825円

神奈川県警「ヲタク」担当 細川春菜7
哀愁のウルトラセブン
鳴神響一

殺人事件の手がかりがいずれもウルトラセブンに関連することから、特撮ヲタクの捜査協力員への面談を重ねる細川春菜。突き止めた犯人像とは？

書き下ろし

693円

ぼくが生きてる、ふたつの世界
五十嵐大

映画化！

ろうの両親に育てられた「ぼく」は、ふつうに生きたいと逃げるように上京する。そこで自身が「コーダ（聴こえない親に育てられた、聴こえる子ども）」であることを知り——。感動の実話。

693円

コイモドリ
時をかける文学恋愛譚

浜口倫太郎

旅館を営む晴渡家の長男でタイムリープ能力をもつ時生は、女性にすぐ恋をするが、毎回うまくいかず……笑って泣ける、新感覚恋愛物語、開幕！

書き下ろし

913円

ウェルカム・ホーム！

丸山正樹

特養老人ホーム「まほろば園」での仕事は毎日が謎解きのようだ。けれど僅(わず)かなヒントから推理して答えに辿り着いた時、新米介護士の康介は仕事が少し好きになり……。声なき声を掬(すく)うあたたかな連作短編集。

869円

さぁ、新しいステージへ！
毎日、ふと思う 帆帆子の日記22

浅見帆帆子

生まれ変わったように自分の視点を変えてみたら、次々願いが形になっていく。息子の成長と周囲で起こる出来事を包み隠さず描いた日記エッセイ。

書き下ろし

825円

寂しい生活

稲垣えみ子

原発事故を機に「節電」を始め、遂には冷蔵庫も手放した。アフロえみ子が、生活を小さくしていく中で便利さ・豊かさについて考え、生きるのに本当に必要なことを取り戻す、冒険の物語。

825円

8月8日(木)発売予定！

破れ星、流れた　倉本 聰

たんぽぽ球場の決戦　越谷オサム

［新装版］リオ 警視庁強行犯係・樋口顕　今野 敏

怖ガラセ屋サン　澤村伊智

霧をはらう（上・下）　雫井脩介

考えごとしたい旅 フィンランドとシナモンロール　益田ミリ

降格刑事　松嶋智左

残照の頂 続・山女日記　湊かなえ

表示の価格はすべて税込価格です。

幻冬舎 〒151-0051 東京都渋谷区千駄ヶ谷4-9-7 Tel.03-5411-6222 Fax.03-5411-6233
幻冬舎ホームページアドレス https://www.gentosha.co.jp/

「だったら小糸さんが、時にいのこと好きになる可能性も高いんじゃない？」

時生が、ブスッとむくれる。

「……おまえ、女優への恋なんか無駄だから止めろと言っていたではないか」

海香が弁解する。

「だって小糸さんの男性の好みが、世にも奇妙なおじさんポエマーだなんて思わないじゃない。そんな教科書の詩を朗読してくる不気味なおじさん、普通の女子なら絶対嫌じゃん。ひくじゃん。陰でボロクソ言われて、ＳＮＳで晒されるじゃん」

海香、言い過ぎだぞ……。

「でもさ、これは千載一遇、一発大逆転ホームランのチャンスよ。そんな絶世の美女の好みが、時にいみたいな珍味中の珍味なんだから。もし春野小糸を落とせたら、今までの無数の失恋が全部チャラになる！」

「……本当に、そう思うか？」

あからさまに、時生の気持ちが揺らいでいる。こいつの心の芯はグニャグニャだな。

「思う、思う。女優のお義姉（ねえ）さん欲しいなあ」

うっとりする海香に、珊瑚が加勢する。

「兄さん、でも本当に、そうした方がいいと思います」

時生が意外そうに尋ねる。

「珊瑚も女優のお義姉さんが欲しいのか？」

「そうじゃなくて、確率の問題です。五十嵐さんのような潔癖で職業倫理の高い人は、何があっても小糸さんの告白を受け入れないと思います。コイモドリで兄さんが、五十嵐さんに遭遇する前の小糸さんに出会う。恋のサブリミナル効果で、小糸さんに兄さんを好きになってもらえばいい」

「なるほど……」

時生の鼻の下が伸びかけたが、思い直したように、ブンブンと首を振った。

「ダメだ。もし失敗して、時の矯正力が想像以上に強かったら、小糸さんの傷を回避できない。それでコイモドリの有効期限が切れたら一巻の終わりだ。

それにあまり過去に遡りすぎて、小糸さんが女優になる未来までをも変えてしまったら、本末転倒だ」

そうか。五十嵐との出会いがなければ、小糸は女優になれない。

「……そうか、それもありますね」

珊瑚が困り顔になり、海香が悲鳴に近い声を上げた。

「八方塞がりじゃない。一体どうやったら、小糸さんの傷を消せるの？」

「一つだけ、私に考えがある」

時生がそう言った。

8

廊下の奥に、五十嵐が立っていた。その目の前には扉があった。そこが社長室だ。

五十嵐の手の中には退職願があった。汗で紙が湿っている。

そう、ここは、五十嵐が事務所を辞める直前だ。

「五十嵐氏、大変だ！」

時生が血相を変えて叫ぶと、五十嵐があわてて退職願を後ろに隠した。

「なんだ、晴渡」

「小糸が、小刀で自分の頬に傷をつけたんだ！」

「なんだって！」

五十嵐が青ざめた。

二人で会議室に入ると、五十嵐が絶叫した。

「小糸！」

小糸が、血だらけになって立ち尽くしている。手には小刀を持っていた。

白いシャツが鮮血に染まっている。その目は虚ろで、まるで夢遊病者のようだ。あまりに凄惨で、あまりに美しい光景だった。

五十嵐が側に駆け寄り、小刀を取り上げた。

「なぜだ。なぜこんなことをしたんだ！」

小糸が、ふふっと笑う。

「だって私が女優だから、五十嵐さんは私と一緒になれないんでしょ。だったら女優ができない体になればいいと思って……」

血の気のない唇を震わせ、五十嵐が目に涙を浮かべた。

「バカ野郎……おまえにはもっとふさわしい男が、他にいるだろ」

「いないわ」

小糸がきっぱりと否定する。

「あなたが、私に演技という力を与えてくれた。あなたが私に美しい詩と、世界を豊かにする言葉、魂のパンを与えてくれた。

私が幸せを感じるのは、主演した映画がヒットすることでも、賞をもらうことでもない。あなたのクシャッとした、その笑顔を見ることなの」

その瞳からツーッと、音もなく、透き通った涙がこぼれ落ちた。それがシャツについた血と混じり合い、淡い桜色となる。

堰を切ったように、五十嵐が泣き叫んだ。

「わかった。俺が間違ってた！　マネージャーだとか、そんなのどうでもいい。俺も、おまえのことが好きなんだ。ずっと、ずっと、愛していたんだ！」

今まで懸命に封じ込め、濃縮していた感情を、一気に爆発させた。そんな、心からの絶叫だった。

そこで時生が声をかけた。

「五十嵐氏、やっと本心を言えたな」

涙目で、五十嵐が時生に頼んだ。

「医者だ。晴渡、今すぐ医者を呼んでくれ！」

「そんな必要はない」

「なぜだ！　今すぐ治療すれば、跡が残らないかもしれないだろ」

すると小糸が、ハンカチを取り出した。頰についた血を拭うと、純白の肌が見えた。傷はどこにもない。

五十嵐がぽかんとする。

「どっ、どういうことだ?」

時生が説明する。

「小糸に協力してもらい、一芝居打ったのだ。血は血糊だ」

時生が小糸の方を見た。

「さすが小糸、迫真の演技だった。本当に切ってしまったと、心配してしまった」

小糸がゆるりと否定する。

「演技はしてないわ。本心を口にしただけ」

そう、コイモドリでここに戻ると、時生は小糸に事情を説明し、この計画を打ち明けたのだ。

「そうか、よかった。傷がなくて……」

ほっと脱力する五十嵐に、小糸がスッと距離を詰めた。

「ねえ、五十嵐さん、さっきなんて言ったの? 私、よく聞こえなかったの」

いたずらっ子のように微笑む小糸に、五十嵐が照れ臭そうにする。

「もうそれはいいだろ」

照れたおじさんって、見てられないな……。

「ちゃんと言って」

ハアと観念したように、五十嵐がくり返した。

「おまえのことを愛している。心から」

「嬉しい」

小糸が勢いよく、五十嵐に抱きついた。まるで映画のラストシーンみたいに。いや、小糸は女優なんだから、これは本当の映画みたいなもんだ。

ハッとして時生を見る。またあの悲しくて、切なくて、世界の終わりのような顔をしている。

そうだよな、時生にとって、こんなに観るのが辛い映画はないよな……。

時生はそっと扉を閉めて、部屋を出た。

現在に戻ると、時生はぎょっとした。応接スペースに、小糸がいたからだ。

ただ小糸から見れば、さっきから時生がいたと錯覚してくれている。これもコイモドリの能力だ。だから街中で時生が急に出現しても、誰も驚かないってわけ。

小糸はマスクを外して、素顔をさらしている。

その頬には、傷がなかった——。

五十嵐と小糸の恋が成就したことで、未来が変わったんだ。

「よかった……」

時生が安堵で、へなへなとなった。

「素敵なところだな」

そこに、五十嵐があらわれた。「あなた」と小糸がはしゃぐ。

「時生さん、紹介します。世間には公表してないんですが、夫です」

「はじめまして。五十嵐です。妻がお世話になっています」

五十嵐が目元をゆるめ、いかにも人の好さそうな顔になる。この笑顔に小糸が惚れたんだ。

もう現在に戻っている。だから五十嵐の頭からは、同期入社の親友である、晴渡時生の記憶は消えている。時生という人物は誰か別の者に、補正されているはずだ。

時生が挨拶を返した。

「はじめまして。晴渡時生です」

「これ、これ、あなたに見せたかったの」

小糸が無邪気に、五十嵐の服の袖を引っ張る。おいおいと言いながらも、五十嵐は実に嬉しそうだ。

小糸は五十嵐を、本棚の前に連れていった。

「どう、この本棚。素敵じゃない」

五十嵐がしげしげと覗き込む。
「ほんとだ。三好達治、梶井基次郎、萩原朔太郎、室生犀星、北原白秋……全部ある」
「でしょ、でしょ」
五十嵐が時生の方を向いた。
「これ、晴渡さんが選書されたんですか？」
それには答えず、時生が朗読をはじめた。
「『本をよむならいまだ
新しい頁をきりはなつとき
紙の花粉は匂ひよく立つ
そとの賑（にぎ）やかな新緑まで
ペエジにとぢこめられてゐるやうだ
本は美しい信愛をもつて私を囲んでゐる』」
おじさんポエマー・晴渡時生、本領発揮。海香が側にいなくてよかった。
「室生犀星の『本』ですね」
五十嵐が満面に笑みを浮かべる。こちらもプロのおじさんポエマー。
「なんだかこの本棚を見て、勇気をもらいました。実は一週間後、私と妻の結婚を発表しようと思ってるんです」

「おめでとうございます」

「いえいえ、私は彼女のマネージャーです。そんな人間が、担当の女優と結婚発表をする。しかもこんな年齢の離れた、おじさんが。世間からは非難囂々でしょう。彼女のファンを裏切る行為です」

五十嵐が深刻そうに、表情を沈ませた。

「ですが、彼女のために、その荒波を乗り越えようと思います」

そう頼もしそうな笑みを浮かべ、小糸の肩を優しく抱いた。小糸も本当に幸せそうだ。

「応援してます」

時生が微笑んだ。でもその笑顔の下では、ピチョピチョと音がする。深い悲しみの雫が、心の凹みを叩いているんだからね。

時生、僕にはわかるんだ。美しい詩と芳醇な言葉を、僕も時生から与えてもらったからね。

それは魂のパン。そのパンを食べれば、人の気持ちがわかるようになるんだ。

うっ……僕も将来、おじさんポエマーの仲間入りかな。でもま、悪い気はしないな。

9

「『雨は蕭々と降つてゐる』」

時生はリビングにいた。窓の外では小糠雨が降っていた。霧のように細かい雨のことだよ。

「三好達治の『大阿蘇』ですね」

珊瑚が時生の隣に座る。

「……恋に破れると心の中で、雨が蕭々と降るのだ」

しょんぼりと時生が言うと、珊瑚が頭を下げた。

「すみません。兄さん。今回僕は、兄さんの気持ちを利用して、こんな計画を企ててしまった……」

珍しく、珊瑚が沈痛な面持ちをしている。

「いいじゃないか。小糸さんは無事で、女優も続けるんだ。万々歳だ。私達は世界の映画界を救ったんだ。グッドジョブと、スピルバーグも誉めてくれる」

「でも……」

「珊瑚、小糸さんが私のことを好きになるかもしれないというのは本心だったんだろう？」

「ええ、お似合いだと思いました」

「それだけでも自信が持てるよ」

励ますように、時生が珊瑚の背中を叩くと、「……兄さん、ありがとう」と珊瑚が声を詰まらせた。

「時にい、行くよお」と海香が声をかけてきた。

「行くって、どこに？」

「私と葉月さんで、時にいの失恋慰め会やってあげんのよ。時にいが春野小糸にアタックして玉砕したって言ったら、葉月さんが大爆笑したの。無謀にもほどがあるって。それで、時生におごってやるから連れてこいって」

時生が、青い顔で震え上がった。

「嫌だ。葉月と一緒に飲むなんて、それは地獄の酒席だ」

ハハハと珊瑚が笑う。

「いいじゃないか。兄さん。僕も行くよ」

海香がパチンと指を鳴らした。

「マジで。珊にいが来るなんて珍しいじゃん。みんな喜ぶよ」

海香と珊瑚で、嫌がる時生をズルズルと引っ張る。うーん、美しい詩とはかけ離れた世界だね。

さあ僕は、応接スペースで詩集でも読もうかな。おじさんポエマー予備軍だもんね。

第三話　『蜜柑』芥川龍之介

暖な日の色に染まつてゐる
蜜柑が凡そ五つ六つ

koimodori

1

ああ、見たい。アニメが見たい。我、アニメを見んと欲す。

僕の趣味の一つがアニメ観賞。時生が寝ている間に、スッと別の家に行って、誰かが見ているアニメをこっそりと盗み見る。夜更かしの人間は、たいていアニメを見るかゲームをやってるからね。僕としては好都合なの。

ほんと、それが楽しみで楽しみで。今期のアニメは神アニメが目白押し。あの声優があの制作会社で、しかも原作の先生がガッチリ脚本に入ってとか、事前情報もバッチリ予習済みなの。近所に、僕と趣味の合うアニメマニアがいるんだよ。

でも、でも、時生のせいで、アニメが見れない……。

というのも、時生が寝ないから。ここ数日、徹夜で何やらやっとります。もう水平線からやや眠たげな太陽が、むにゃむにゃと顔を出している。

「できた」

目をまっ赤にした時生が、蚊の鳴くような声を漏らした。

文机には原稿用紙の束があり、消しゴムのカスが山積みになっている。火事場のあとみたいだ。

ここ数日徹夜だったので、頬がこけて、目の下に隈ができていた。

今日が、小説の新人賞の〆切りだった。何度も何度も書き直し、もう無理かとあきらめかけたけど、なんとか完成したんだ。

時生が、ヨロヨロとした足取りで階段を降り、海猫のキッチンに向かう。

おはようと言うや否や、海香がぎょっとした。

「うわっ、またミイラ化してるじゃん」

応募前に時生がこうなるのは、晴渡家の恒例行事。

「さあ、兄さん。これを飲んで」と珊瑚が時生に白湯を渡した。

震える手つきで時生が受けとり、ゆっくりと、時間をかけて飲んだ。目と皮膚に潤いが戻り、少し落ちついたみたいだ。

「……危うく命を落とすところであった」

そこまで？　珊瑚が尋ねた。

「兄さん、完成したのかい？」

「うむ。何度も断念しかけたが、どうにか書き終えた」

「まさに玉稿(ぎょっこう)だね」

　海香が頬杖をつく。

「で、今回はどんな話なの?」

「よくぞ聞いてくれた」

　時生が居ずまいを正す。

「主人公は冴えない高校教師で、彼はカマキリの世界に誘われる。カマキリが擬人化した世界だ。メスのカマキリは交尾を終えると、オスのカマキリを食べる。オスのカマキリ達の悲願はメスとの交尾だが、それは同時に死を意味する。擬人化したメス達は色気があり、扇情的で肉感的だ。フェロモンでゴホゴホとむせ返るほどだ。そして食欲が旺盛で、オスの肉が大好物なのだ。

　主人公は、とあるメスカマキリに惚れてしまう。だが恋が成就して二人が結ばれるとき、主人公は彼女に食われる運命にある。死と恋の狭間で葛藤する男の、狂おしい愛の物語だ」

　珊瑚がうなった。

「素晴らしい話ですね」

　どこが?

僕はすでに読んでいるけど、マジで意味不明な話だった。アニメ化したら苦情が殺到するよ。

呆れ気味に海香が言う。

「何、その激ヤバな話……時にい、どうかしたの？」

時生が不機嫌になる。

「なぜだ。官能と苦悩、肉欲と愛欲、生と死。文学としての要素が、すべて内包されているではないか！」

「いやいや、まず擬人化したカマキリって何？　そんなの文学じゃないでしょ」

「何を言う。芥川龍之介は『河童』を書いているではないか。あれは主人公が、河童の国に迷い込む話だ」

「……芥川龍之介も激ヤバだね」

珊瑚が笑顔で褒める。

「兄さん、そのカマキリの話で芥川賞が取れそうですね」

めっそうもないという感じで、時生が手を振る。

「珊瑚、それは言い過ぎだ。私を天狗にさせてどうする気だ……あとで花林糖をやろう」

海香が訊いた。

「芥川賞って、なんか聞いたことあるな。芥川龍之介と関係あるの？」

　珊瑚がうなずいた。

「もちろん。芥川龍之介の業績を記念して創立された文学賞だからね。新人作家のための純文学の賞なんだけど、世間的には一番有名な小説の賞だね」

「へえ、そんなに有名なんだ。まあ私でも知ってるぐらいだもんね。でも新人の賞だったら、パパッと簡単にゲットできるでしょ」

　時生が突然声を荒らげた。

「バカな！　芥川賞はそんなサトウのごはんのような、手軽で簡単なものではない」

　サトウのごはんって、電子レンジで温めたら、炊きたてのごはんになるってやつね。便利だよね。

「芥川賞とは、我ら文学青年の垂涎（すいぜん）の的（まと）だ。かの太宰治は、芥川賞を欲して止まなかった。太宰を落選させた選考委員の川端康成を刺すと言い、大悪党だと罵った」

　ゲッと海香が顔をしかめた。

「刺すって怖すぎじゃん。太宰治って、『人間失格』の人でしょ。マジで、人間失格じゃん」

「それだけ、太宰治は芥川龍之介を敬愛していたのだ。だからどうしても、彼の名がつく賞が欲しかったのだ。私も……芥川龍之介がたまらなく好きだ」

「どうどう、落ちつきたまえ、我が長兄よ」

ふうふうと鼻息を荒くする時生を、海香がなだめた。

「とにかく、芥川の龍ちゃんは凄いってことでしょ」

「……そんな親戚の子のような呼び方はして欲しくないが、わかればよろしい」

時生が矛を収めると、珊瑚が話題を変えた。

「兄さん、小説が終わったんなら時間がありますよね。今日一緒に来て欲しいところがあるんですが」

「どこだろうか？」

「観光業の人達が集うイベントがあるんですよ。よかったら兄さんも行きませんか？」

「全力で遠慮したいものだな……」

時生とイベント……政治家と真実ぐらい、真反対な関係。いやいや僕だって、風刺の一つや二つ言えるから。

海香が加勢する。

「なんでよ、行ったらいいじゃん。いろんな人に会えば、小説の足しになるでしょ」

「実体験がなければ小説が書けないというのは嘘だ。想像力を駆使し、空想の翼を広げるのが作家だ」

「……まあ人食いカマキリの世界はそうか」

「兄さん、質問があります」

急に珊瑚がまじめなトーンになったので、時生が身がまえる。

「なんだ？　珊瑚が知らないで私が知っている事象は、この世に存在しないぞ」

情けない兄ちゃんだな。

「おぎゃあと生まれてから地下牢に監禁されて、一度も人に会ったことがない人がいたとします。ロボットから言葉を学び、面倒を見てもらい、成人します。果たして彼に、小説が書けるんでしょうか？」

「無理に決まっている。彼には人生経験がない」

「人と触れ合い人を知ることで、知識と経験と感情を得る。それが種となって想像力の水が注がれ、作品が生まれる。種がなければ、何も起こらない。兄さんが素敵なメスカマキリの小説が書けたのは、常日頃から女性を好きになるという、豊かな恋愛体験をしているからじゃないですか」

海香が調子づき、マイクを向けるように、時生に問いかける。

「やっぱ実体験いるじゃん。時にい、何か反論は？」

グッと言葉に詰まった時生が、観念したように首をすくめる。

「……承知した。会合には参加する」

やっぱり珊瑚には敵わないな。

2

時生と珊瑚は、イベントホールの会場に来た。

観光協会や観光業の人達が、いろんな展示ブースを出している。スクリーンには観光地の映像が流れ、各地の特産品が売られていた。

全国各地から集まっていて、僕の想像以上に大規模だった。商売してやるという熱気で、メラメラと燃えている。

「晴渡さんじゃないですか」

珊瑚はたびたび声をかけられ、そのたびに立ち止まる。人気者の宿命だ。

「いろいろ見て回ってください、兄さん」と珊瑚に言われ、時生は一人放置される。

観光業の人が多いので、着物姿の人も多い。だから時生の書生服も目立たない。

時生は行くあてもなく、迷子のようにフラフラする。

「……『わたしは遠い田舎の方から

海豹のやうに来たものです』」

途方に暮れすぎて、「海豹」の冒頭をつぶやいている。萩原朔太郎の詩だよ。てか、海豹のように来るって何？

するとそこに、何かが倒れていた。一瞬何かわからなかったけど、巨大な着ぐるみだった。

「すみません。起こしてくれませんか」

承知しましたと時生は答えたけど、この着ぐるみがお椀の形をしているので、起こすのが非常に難しい。

時生が迷っていると、一人の女性があらわれた。

僕も時生もクッと喉が鳴った。

それは着物姿の、艶やかな女性だった。限りなく白に近い桜色の生地に、花々の模様が織り込まれている。帯の結び目のバランスが絶妙で、普段から着物を着慣れているみたいだ。凛とした瞳と、しっとりと潤いのある、紅の唇。そして何より目を惹いたのが、髪を結い上げたうなじだ。美術館に飾られそうなほど、美しいうなじの持ち主だ。

ううっ、まずい。和服の似合う大人の女性に、中二天使の僕は弱いんだよ。

「一緒に引っぱってもらえますか」

彼女が頼み、時生が正気に戻った。はいとうなずき、お椀の着ぐるみを引っぱる。

「うんとこしょ、どっこいしょ」

彼女が声を上げ、時生も力を込めると、着ぐるみが起き上がった。

中の人が不満を述べた。

「お嬢、やっぱりちょっとこれ、バランス的に無理のあるごたるですね」

「うーん、じゃんねぇ。ちった考えんばんたいね」

彼女が頬に手を当て、困った顔をした。その頬と手が、白魚みたいに透き通っている。で、どこの方言？

お椀の着ぐるみがヨタヨタと立ち去っていくと、彼女が礼を言った。

「すみません。ありがとうございます。手伝っていただいて」

時生が訊いた。

「『おおきなかぶ』がお好きですか？」

おじいさんが植えた巨大なかぶをみんなで引っこ抜くという、ロシアの古い童話だ。よく教科書に載ってるよね。

「ああ、うんとこしょ、どっこいしょですね」

彼女が引っぱる仕草をすると、時生が早口で述べる。

「どっこいしょは、仏教の六根清浄（ろっこんしょうじょう）が語源なのです。六根とは、眼・耳・鼻・舌・身・意のことです。意とは心ですね。六根は我欲などの執着にまみれ、不浄になりやすい。だから常日頃から洗い清める必要があります。その祈りの言葉が、六根清浄なのです。霊山に登ったり、墓参りする際に唱えます」

彼女が口に手を当てる。

「まあ、それほど深い意味が」

「あのかぶじいさんは、かぶを抜くと同時に、心身の汚れを清めようとしている一石二鳥じいさんです。さらにかぶの根が、六根の『根』の暗喩となっていると私は考察しています」

うわっ……初対面の女性に、いつもの時生節が炸裂した。ひく、これは超絶ひく。

「あのかぶのおじいさんが、賢く見えてきました」

彼女が素直に感心する。セーフ。変な人耐性が強い女性だった。

「今のお椀を巨大化したものはなんでしょうか？」

「ああ、あれですか？　『お汁粉ちゃん』です。うちの旅館のマスコットキャラクターです」

ふふっと彼女が上品に笑う。

「申し遅れました。熊本県人吉で、旅館『岩船』の女将(おかみ)をしております、牧野(まきの)鈴菜(すずな)と申します」

「私の名は晴渡時生です。神奈川県葉山の、『海猫』という旅館の従業員です」

鈴菜が目を丸くした。

「海猫の晴渡って、もしかして……」

「ああ、兄さん、ここにいたんですか」

そこに珊瑚がやってくると、鈴菜が朗らかに手を叩いた。

「やっぱり、晴渡さんの肉親の方だったんですね」

「二人は知り合いだったのか」

たまげる時生に、珊瑚がにこりと応じる。

「よかった。紹介する手間が省けました。そうなんですよ、兄さん。岩船は人吉では老舗の人気旅館ですよ。今凄く注目されてるんです。鈴菜さんはそこの若女将で、メディアにも取り上げられるほどの有名な方です。美人女将として」

鈴菜が、照れ気味に手を振る。

「美人女将だなんて、そんな。晴渡さんの方が有名じゃないですか。あっ、どっちも晴渡さんですね」

珊瑚がフォローする。

「下の名前で呼んでください。僕が珊瑚で、兄が時生です」

「改めてよろしくお願い致します。時生さん」

鈴菜のまぶしい笑顔に、時生がよろめいた。

「兄さん、鈴菜さんは今日うちに泊まられるんです」

「えっ、宿泊されるのか？」

「ええ、せっかくイベントでこっちに来られるならば、ぜひにとお誘いしたんです」

「今日はうちは休みで、哲太もいないから料理も出せない。満足のゆくおもてなしができないが」

「泊めていただけるだけで十分です。ほんと海猫さんのSNSを見て、いつか絶対行きたいと思っていたので。お招きに感謝です」

そう鈴菜がはしゃいでいる。

まずいな……こんな和服美人がうちに来たら、時生の恋がまたはじまるぞ。

3

イベントが終わって、時生と珊瑚が海猫に戻る。鈴菜は後から遅れて来るので、時生が駅まで迎えに行くという段取りになった。

海香に話すと、「えっ、岩船の牧野鈴菜さんが来られるの？」とあわてふためいた。

「海香は知っているのか？」

「当たり前でしょ。まだ若いのに、岩船を日本有数の旅館にした立役者よ。雑誌とかネットで、インタビュー記事や動画をよく見るわ。和服美人女将って。着物のモデルとかもしているそうよ」

感心するように、時生が眉を上げた。

「鈴菜さんはそんなに優秀なのか。珊瑚はどうして知り合ったのだ？」

「鈴菜さんの方から、僕のSNSに連絡をくださったんです。ショート動画でもっと旅館をPRしたいらしく、いろいろと教えて欲しいとおっしゃられたんですよ」

観光業のSNS戦略は、珊瑚の十八番だ。うちの猫の漱石や龍之介や治を上手に使って、動画を作っていた。猫たちが喋って、海猫を紹介する動画だ。一体どうやって作ってるんだろう？

「あっ、時にい、今回は大丈夫？　鈴菜さんに惚れないでよ」

おっと、恋愛警察のお出ましだ。

時生が不敵に肩を揺する。

「ふふふ、海香よ、案ずるなかれ。私は和装の女性には耐性があるのだ」

「まあ、私がいつもそうだもんね」

海香の服装は、着物に白いフリルのエプロン姿だ。

なるほど。時生自身も常に着物だし、見慣れているから平気というのはあるかも。まさか時生に、こんな長所があったとは。

すぐに時間になったので、時生がトゥクトゥクで逗子・葉山駅に向かう。僕は屋根の上に乗って、海風を味わう。顔を真正面に向けると、爽快な風が両側に分かれていく。まるで世界の中心に立っている気分だね。

「時生さん」

駅前で、鈴菜が手を振っている。和装の美女は目立つのか、人目を惹いていた。葉山というなじみのある場所で見ると、余計に綺麗に見えるね。日だまりに咲く、花水木（ハナミズキ）みたいだ。

鈴菜が近づいてきて、しげしげと眺めた。

「これですか、噂のトゥクトゥクは」

「はい。葉山の海と風を堪能してもらおうと、これで送迎させていただいております」

鈴菜が乗り込むと、時生が車を発進させた。つるっと手の汗でハンドルがすべり、あわてて手のひらを拭う。平気なふりしてたけど、緊張してんじゃないか。おいっ、和服耐性はどうした？

「ほんと素敵な旅館ですね」

海猫に到着すると、鈴菜が興味津々で眺めていた。

「ありがとうございます」

珊瑚が礼を述べる。もういつもの執事服に着替えている。

「わっ、ほんと可愛い」

鈴菜が海香の衣装を見て、大はしゃぎする。

「着物もエプロンもリボンも、海香さんもとっても可愛い。うちの旅館の従業員も、みんなこれにしたいぐらい」

「こっ、光栄であります」

ビシッと海香が敬礼する。軍人？

「書生服の時生さん、執事服の珊瑚さん、和装メイド服の海香さん、もう大正ロマンって感じですね。晴渡きょうだい最高です」

「うちはコンセプト旅館でもありますからね」

珊瑚が答えると、鈴菜がうらやましそうに言う。

「憧れます。うちの旅館もそんなことしたいけど……」

「岩船は格式のある老舗旅館ですからね」

「そうなんです……でも別館で大正ロマンのコンセプトはありかも。年配のお客様にも、若いお客様にも来てもらいたいし、銀行の方に融資のご相談しようかしら」

館内を案内すると、鈴菜が感激の声を連発する。絨毯や柱などの素材、その他にも建築費用や、設計士は誰に頼んだかなど、逐一珊瑚に尋ねまくっている。

さすがやり手の若女将。本当に実践しそう。

「ううっ、緊張したあ」

三人で自宅に戻ると、海香がバタッとソファーに崩れ落ちた。

珊瑚が笑って、ジャケットをハンガーにかける。

「なんで海香が緊張するんだよ」

「だってあの岩船の、牧野鈴菜に仕事ぶりを見られたんだよ。これに緊張せずに、何に緊張するのよ」

「大げさだな。お部屋にご案内しただけじゃないか」

「でも実物の鈴菜さん、ほんと綺麗だった。時にい、見た？」

「何をだ？」

「鈴菜さんのうなじよ、うなじ！」

海香が興奮する。

「なめらかな純白の肌にほんのり血管が浮いて、薄く汗ばんだ桃の花を咲かせる。その繊細な首筋の曲線は、ミケランジェロを恍惚とさせ、吾輩に思わず筆を執らせる。そしてそこから漂う、麗しい愛に満ちたお香の匂い。おいらクラクラしちまった」

ペシッと海香が、江戸っ子のように自分の額をはたく。

誰？　エロ親父？　吾輩ってなんだよ？

時生が自信満々に口角を上げ、首を振る。

「海香、言っただろ。私には和服耐性が備わっている。そこにはうなじも含まれているのだ」

なんだ。時生が頼もしいぞ。あの最強のうなじを無効化できるのか。こいつ、勇者か。

だが時生が体をぶるっと震わせたことに、敏感な珊瑚が気づいた。

「どうしたんですか？　兄さん」

「……今から原稿をポストに投函してくる」

ああ、そういや、そのイベントがあったな。

「そんなの今どき、ネットでちょちょいのちょいと送れるんじゃないの？」

なにげなく海香が言うと、時生が大喝する。

「バカな！　そんな永谷園のお茶づけのような手軽なことをしては、読んでいただく出版社のお歴々に失礼ではないか！」

「そんなに怒んないでよ」と海香が言い、「兄さん、付いていきましょうか」と珊瑚が申し出るが、「いや、大丈夫だ」と時生が断った。でもその瞳は、不安で激しく揺れていた。

それから部屋に行き、文机の上にある原稿を手に取る。紐で丁寧に綴じてある。何度も紐をほどいては結んで、完璧な紐綴じにしている。

封筒に宛先を、丁寧な字で書く。宛先の「新人賞係」の「係」の下に「御中」と記した。爆弾でも扱うかのように、そろそろと原稿を封筒に入れる。

ふうと湿った息を吐くと、時生は海猫に入った。切手が受付にあるんだ。

そこに人がいた。時生は一瞬びくりとしたけど、すぐさま放心したように、ボケッと立ちつくした。

それは鈴菜だった。

今日は泊まっているので、彼女がいても不思議ではない。でもその格好が想定外だった。

鈴菜はTシャツ姿で、細身のジーンズを穿いていた。

結い上げていた髪も下ろしている。こんなにロングヘアーだったの？　絹のようになめらかな黒髪が、サラサラと揺れている。

あとスタイルよすぎじゃない？　足細っ、腰高っ。着物姿のときはわからなかった。

その直後、ガツンと時生がくらった。

あっ、そっか。着物には耐性があったけど、こっちのシンプルバージョンには耐性がないんだ。まさに予想外の一撃。

艶やかな着物姿からのギャップ。濁流に飲み込まれるように、心を持って行かれている。

けれど時生は土俵際で耐えた。凄まじい踏ん張りだ。あっぱれ、時生。

「時生さん」

鈴菜が気づいた。時生が動揺を押し殺して、声をしぼり出した。

「ここにおられたのですか？」

「ええ。時生さんは、どこかお出かけですか？」

「ええ、ちょっとポストまで」

「じゃあ一緒に行ってもかまいません？　ちょうど散歩をしたくて」

「あっ……はい」

うーん、これも予想外の展開だね。

時生と鈴菜が並んで道を歩く。今日も月が綺麗だな。夜の海を泳ぐ青白い魚のような、淡い光を放っている。

海風が鈴菜の長い髪をなびかせ、月明かりで輝いていた。ううっ、美しすぎる……。

時生は、あえて鈴菜を見ないようにしている。もうあとワンパンチで、ＫＯされそうだもんね。

まっ白な細長い指で、鈴菜が髪を押さえた。

「その封筒の中身はなんなんですか？」

「これは小説の原稿なのです」

鈴菜がはしゃいだ。

「凄い。時生さん、小説家なんですか？」

「めっそうもございません。ただ作家志望というだけで、これは新人賞に応募する原稿です」

「じゃあ私、未来の小説家の貴重な機会にご一緒させていただいているんですね」

「……そうなればいいのですが」

鈴菜の足取りは軽いけど、時生のほうはとにかく重い。ズズッと、足を引きずるような歩き方。

ポストに到着する。四角くて、ほんの少し錆びたポスト。海の近くにあるポストだから、そうなるんだよね。

時生が封筒を投函口に入れようとするけど、ピタッと手を止めた。それからスッと引き下げた。

「……やっぱり止めておきます」

「どうして?」

時生が、ガクッとうなだれる。

「情けない話ですが、自信がないのです。もう十年近く投稿を続けているのですが、一次審査にすら一度も通ったことがありません。私には、文学の才能がないのです」

「でも私、時生さんの『おおきなかぶ』の説明、とても感銘を受けたわ」

出会ったときに話してたやつね。

「……おおきなかぶ小説賞があったら、いけるかもしれせんが」

そんな賞あるかよ。

すると鈴菜が、バッと時生の手から封筒を奪い取り、投函口に投入した。

あっと時生が声を上げる間もなかった。凄い早技。

鈴菜が勢いよく、時生の背中を叩いた。

「これで作家の道がはじまるばい。魂入れてがまだしない」

あっ、これは無理だ――。

ただでさえ着物から私服への一撃でぐらついていたのに、この方言励ましがとどめとなった。

案の定、時生は鈴菜に恋してしまった。

4

時生と鈴菜は、海猫の応接スペースに戻った。

時生は瓶ビールをグラスに注ぎ、鈴菜に渡した。

「ありがとうございます。無理を言って」

お酒を飲みたいと鈴菜が言ったので、応接スペースに来た。雄大の、の山は今日は休業日。

「いいえ。私もちょうどお酒を飲みたかったところです」

憑き物が落ちたように、時生の顔はすっきりとしている。原稿を出せてほっとしたんだね。

「あのさっきの方言は?」

「熊本人吉の方言です。魂入れてがまだしないっていうのは、魂入れて頑張れって意味です」

「頑張ります」

そう時生が意気込んだ。

そのお礼という感じで、時生がビールをグラスに注ぐ。

「真理のように澄んだビールです」

満足げに時生が言うと、鈴菜が感心の微笑を浮かべる。

「真理のように澄んだビール……さすが作家さん、素敵な表現ですね」

時生があわてて訂正する。

「私の言葉ではありません。芥川龍之介の言葉です。

彼が谷崎潤一郎と一緒に立ち寄ったカフェで、炭酸水を頼んだとき、『コップは真理のやうに澄んだ水に細かい泡を躍らせてゐた』と表現したのです。そんな卓越した比喩、私の脳内では到底浮かびません」

「でもそれを凄いと思える感性をお持ちなんだから、時生さんも芥川龍之介になれるってことです」

なんでそうなるんだよ……。さすが名うての女将だけある、お客さんを喜ばすツボを心得ている。

鈴菜が拳を握って見せた。

「時生さんだったら、芥川賞も絶対に取れます」

「恐縮です」

時生がスルリと受け入れる。おいおい、今朝同じことを海香が言ったら、『芥川賞はそんなサトウのごはんのような、手軽で簡単なものではない』って怒ってなかったか？

「私、そんなに本を読む方ではないんですが、芥川龍之介は好きなんです」

「そっ、そうなんですか」

うわっ。時生のキラーワード。文豪が好きなんです、だ。

「ええ、母が好きで、その影響で読むようになりました」

「お母様は素敵な趣味をお持ちなんですね」

「もう亡くなりましたけどね」

さらりと鈴菜が言う。

「……ご病気ですか？」

「そうです。心筋梗塞で突然死。ほんと、いきなりあの世に旅立ったの」

死をまっすぐ受け止め、人生を着実に歩んでいる。そんな感じかな。鈴菜って大人なんだね。

だから時生にも、気まずさはないみたい。

鈴菜がビールを飲んで喉を潤すと、目を輝かせた。

「ねえ、時生さん。クイズをしませんか？」

鈴菜との距離が縮まったので、時生がデレッと赤面する。

「クイズですか？」

「私が一番好きな、芥川龍之介の作品を当ててくださいな」

「……わかりました」

「一発勝負ですよ」

ふふっと鈴菜がいたずらっ子のような笑みを浮かべ、時生がグッと腕組みをした。

なんだろう？『蜘蛛の糸』とか『羅生門』とかの有名どころかな。いや朝、話に出ていた、『河童』もあるかも。あー僕も当てたいけど、ぜんぜんわかんないや。

「ヒント、うちの母が好きなのは『地獄変』」

「……いい趣味ですね」

谷崎潤一郎の『春琴抄』なみに、エグい作品だよ。

「さあ、晴渡時生さん、お答えは？」

クイズの司会者っぽい口調で鈴菜が尋ねると、時生がそろそろと答えた。

「『蜜柑』……」

「ピンポン、ピンポン、ピンポン」

鈴菜が満面の笑みで連呼し、時生がパッと表情を明るくする。

「ほっ、本当ですか。皆目見当がつかなかったので、私が好きな作品を挙げたのです」

「時生さんも『蜜柑』好きとね？　私達、気の合うごたるね」

鈴菜が時生の手を握りしめる。その大胆な行動に、時生があっと声を押し殺した。頰が紅潮して、一瞬背が伸びたようにも見える。

おいおい、これはいけるんじゃないの。絶対鈴菜、時生に好印象だって。これは期待大だぞ。

「坊っちゃん」

渋い声がして二人が振り向くと、そこに哲太がいた。海猫の板前だ。

「哲太、どうしたんだ？　今日は休みだぞ」

時生が驚くと、哲太が目尻をゆるめた。

「岩船の女将さんが来られていると聞いて、ご挨拶だけでもと」

なんでも岩船の料理人と哲太は、昔同じ料亭で働いていた顔見知りなのだという。板前の世界は意外に繋がっているんだろう。

鈴菜とその共通の知人の話をしたあと、哲太が腕まくりをした。

「坊っちゃん、せっかくだから何か酒のつまみになるものでも作りましょうか」

「うん。頼むよ、哲太」

時生が鈴菜を見る。

「鈴菜さん、哲太は本当に何を作ってもうまいんです」

これは本当にそうなんだ。哲太の専門は一応和食だけど、洋食でも中華でもなんでも作れる。いろんな店で働いた後で、海猫に勤め出したんだって。

「じゃあ、お汁粉で」

パッと鈴菜が言い、時生が不思議そうに眉を寄せた。

「お汁粉ですか……」

そこで哲太が気づいた。

「坊っちゃん、岩船は女将が作るお汁粉が名物なんです」

時生が膝を打った。

「あっ、それで『お汁粉ちゃん』」

なるほど。なぜ旅館のマスコットキャラクターがお汁粉なのか不思議だったけど、それで腑に落ちたよ。

鈴菜が頬をゆるめる。

「ええ、そうなんです。だからお汁粉が食べたくて」

当然、時生がテンションを上げる。

「お汁粉は芥川龍之介の好物でもありました」

鈴菜が目を瞬かせた。

「そうなんですか？」

「はい。有名な『芋粥』は甘味の話です。まあ今風の言い方ならば、高級スイーツです。その名の通り芥川龍之介は、『しるこ』というエッセイも書いています。『あの逞しいムッソリニも一椀の「しるこ」を啜りながら、天下の大勢を考へてゐるのは兎に角想像するだけでも愉快』だと。私はあの芥川龍之介が、ムッソリーニが汁粉を食す光景を思い浮かべていることが愉快なのです」

「坊っちゃん、そのへんで」

そこで哲太がブレーキをかける。さすが時生の扱いをよくわかっている。

5

「えっ、鈴菜さんに惚れちゃったの？」

海香が呆れ気味に言う。ポストに行って戻ったら女性に惚れている。そんな奴、時生ぐらいだろう。

さっき二人で哲太のお汁粉に舌鼓を打った後、家に戻ってきて、珊瑚と海香に事情を説明した。

「着物には耐性があるから大丈夫だって豪語してたじゃん」

時生がぎくりとする。

「そっ、それは鈴菜さんがTシャツにジーンズ姿で、魂入れてがまだしないなのだ」

なんだそりゃ。意味わかんねえよ……改めて時生が説明すると、海香が深々とうなずいた。

「着物からのラフスタイルのギャップと大胆な行動と、方言励ましか……そりゃ私でも惚れるわ。時にいだったらいちころね」

「そうだろ」

時生が、なぜか得意げに鼻の穴をふくらませる。

「まあ、どうせ無理だと思うけど、やれるだけやってみたら」

投げやりな海香に、時生が反論する。

「何を言う。私と鈴菜さんには、芥川龍之介の『蜜柑』という心と心の絆があるのだ」

「何よ、蜜柑って」

ベベン、ベンベン。さあさあみなさん、時生が惚れたところで、いつもの展開でございます。

ということで、時生と鈴菜が好きだという『蜜柑』が、どんな話かを簡単に説明しましょう。

主人公は横須賀駅から列車に乗ります。席は二等席。大正時代の列車には、車両に等級があったんだ。

そこに年の頃は、十三、四歳の娘が乗りこんでくる。垢じみた襟巻を巻いて、大きな風呂敷包みを抱えた、田舎者の女の子。

彼女の切符は三等なのに、主人公と同じ二等席に座る。その行為に、主人公はむかむかする。

列車が発車すると、トンネルの中なのに、彼女は窓を開けようとする。そんなことをしたら煤煙が入ってくる。当時は電車じゃなくて、蒸気機関車だからね。

とうとう窓が開けられ、もうもうとした煙で主人公はむせ返る。

怒鳴りつけてやろうか。主人公は怒り心頭に発するけれど、列車はトンネルを抜けて、町外れの踏み切りにさしかかる。

そこに三人の男の子達がいた。彼らは列車に向かって、大きく手を振っている。

そのときだ。彼女は窓から身を乗り出して、蜜柑を五つ、六つほど放り投げた。

そこで主人公は、一瞬ですべてを理解する。彼女がこれから奉公先に向かおうとしていることを。男の子達は、彼女の弟であることを。そしてわざわざ見送りにきてくれた彼らの労に報いるため、蜜柑を投げたことを。

最初に抱いていた主人公の鬱屈は、不思議なほどスッと晴れていった。

珊瑚が『蜜柑』のあらすじを話し終わると、ハッと海香が顔をゆがめた。

「えっ、それだけ？　中年のおっさんが、女の子が窓から蜜柑を投げたのを見たってだけの話じゃん」

「そうだよ。ほんの数ページほどの短い小説だね」

「それが時にいと鈴菜さんのお気に入りなの？　意味がわかんない」

やれやれと時生が首を振る。

「なぜこの小説の素晴らしさがわからないんだ。まずこの小説は、読むだけで鮮やかに情景が浮かぶ。ある曇った冬の夕暮れからはじまり、薄暗い無人のプラットホーム、悲しそうに吠える犬。そしてトンネルと煤煙。すべての色が暗く、彩りがない。それは主人公の心象風景でもある」

情景描写で心の中を表現するってやつか。小説的なテクニックなんだって。

「そこにパッと色鮮やかな蜜柑があらわれる。暗闇に射す、一筋の光のように。空中にポンと投げられる、五つ、六つの温かな、日の色に染まった蜜柑……どうだ。頭の中に映像が浮かぶではないか」

「まあ、たしかに」

海香がうなずくと、珊瑚が補足する。

「奉公というのは、遠くに働きに行くことなんだ。子だくさんの家は口減らしのために、子供を働かせたそうだよ」

「最悪じゃん」

「当時の日本は貧しいからね。仕方なかったんだよ。誰も好き好んで奉公に出たくはない。でも家族のために、働かなければならない。その辛い気持ちを押し殺し、彼女は奉公に出る覚悟を決める」

「女の子が辛いってなんでわかんのよ。ウキウキハッピー気分で奉公に出るかもしんないじゃない」

そんな奴いるかよ……。

「女の子は発車ギリギリで列車に乗り込んでるからね。それはその心理のあらわれだよ」

行間を読むってやつだ。これがむずいんだよね。

時生が語気を強める。

「窓を開けて、女の子は踏み切りにいる弟たちを見る。奉公に出る不安と弱気な気持ちが薄れ、こんな想いが胸に強く迫ってくる。

お姉ちゃんは大丈夫、頑張ってくる。だからおまえたちも、元気でいるんだよ。風邪ひくなよ。朝ご飯食べなよ。勉強しなよ。歯磨けよ。喧嘩すんなよ。犬の面倒見ろよ」

想い、多すぎない？

「でも列車が走りぬける短い時間で、そんな想いは到底伝えられない。そこで彼女は、そのあふれんばかりの気持ちを、蜜柑にギュッと詰めるのだ。ポンと空に放たれた蜜柑を見て、弟たちも姉の想いを、瞬時のうちに受け止める。

主人公も一瞬で、彼女と弟たちの関係性を理解する。ただの蜜柑に、登場人物のあらゆる感情が凝縮されているのだ。この凄さがわかるか、海香、わかってくれるか妹よ」

興奮して詰め寄る時生を、海香が手でつっぱねる。

「わかったって……なんかそれ聞いたらいい話だって思えてきた」

珊瑚が微笑みで同意する。

「台詞じゃなくて、蜜柑で弟たちに想いを伝えるっていうのがいいですよね。とても映像的な小説です」

「そう。優れた映画監督は台詞ではなく、シーンや小道具で様々な感情を伝える。芥川龍之介は映画監督になっても、きっと名監督になったであろう」

プシュウと、時生が鼻から熱い息を漏らす。蒸気機関車か？

「まあ時にいと鈴菜さんは感性が似てるってことね」

パパッと海香が話をまとめると、珊瑚が訊いた。

「兄さん、じゃあコイモドリを使うんですか？」

「うーん、それを今悩んでいるのだ」

難しい顔の時生に、海香が訊いた。

「なんでよ」

「さっきいろいろ話をしたのだが、鈴菜さんは現状に満足されていて、特に悩みはないようだ」

これはあまりないパターン。だいたい時生の惚れる女性は、何か悩みを抱えている。それを時生はコイモドリで解決する。

「でもコイモドリなしで、時にいの恋愛が成就するわけないじゃん。コイモドリ使っても無理なんだから」

海香、正論が過ぎるぞ……。

珊瑚が、抑揚のない声で言う。

「悩みがないのではなく、悩みを容易に打ち明けない。鈴菜さんはそういう人じゃないでしょうか」

海香が納得顔になる。

「たしかに鈴菜さんって芯が強そうで、簡単に弱味を見せるタイプじゃないもんね。熊本の火の国の女だもんね」

「兄さん、とりあえずコイモドリはしてきたらどうですか。鈴菜さんに悩みがなかったらそれはそれで幸いですし、恋のサブリミナル効果狙いだけでもいいんじゃないでしょうか」

「うむ」

「岩船はいいところだそうですよ。兄さんも小説の執筆が終わったんだ。ゆっくり静養してきてください。人吉には素晴らしい温泉がありますから」

そう珊瑚が、爽やかな笑顔を向けた。やっぱりイケメンだな。こいつ。

6

時生は海猫に戻り、ピンク色のハガキを手に取った。いつもの恋が叶うハガキだ。

『牧野鈴菜』と心を込めて宛名を書いた。そのハガキを持って、応接スペースに入る。

部屋の中はしんとしていて、飴色の電球に照らされている。部屋全体が、おだやかな夜に溶けていた。

アンティークの家具と古時計がひっそりと眠っているけど、ささやかな寝息だけは聞こえてくる。コイモドリをする前は、僕にもそれが感じられる。なぜだかはわかんないけどね。

時生がポストにハガキを投函すると、僕達は川の側にいた。

時生が時計を見ると、一週間前だった。

軽く近くの川辺を散歩する。この大きな川の名前は、球磨(くま)川だった。

太陽が水面で、キラキラと輝いている。銀の葉を浮かべたみたいだ。海と違って波が少ないので、より輝きが増していた。うーん、いい景観だね。

岩船は、その川の向こう岸にあった。重厚な門をくぐると、美しい庭園が出迎えてくれる。派手ではないがよく手入れされて、空気が澄んでいた。隅の方では、孔雀が飼われていた。

「いらっしゃいませ」

突然声をかけられ、時生がビクリとする。

そこに鈴菜がいたのだ。

急に女将が出現するとは思わなかった。着物姿で髪をアップにし、うなじがあらわになっている。やっぱり僕は、だんぜんこっちの方がいい。

時生が軽く手をあげた。

「おおっ、牧野鈴菜ではないか。私は晴渡時生。君とは人吉高校の同窓生で、同じ思い出の花束を手にした仲だ。久しいな」

一瞬鈴菜がきょとんとしたけど、すぐに顔を輝かせた。

「時生君、時生君じゃない。懐かしいね」

コイモドリの能力が発動した。

「そうだ。懐かしい。君は生徒会長、私は風紀委員で、生徒達のメガネに指紋が付着していないかを厳しくとりしまっていた。指紋メガネの晴渡時生だよ」

ふふっと鈴菜が笑う。

「そのあだ名思い出したわ。時生君、いつもメガネを拭く専用の布を持ち歩いてたもんね」

どんな設定だ……鈴菜から、高校の名前と生徒会長だったという情報を事前に聞いていた。

コイモドリあるある。結局地元の同級生設定が一番いい。

「でもどうしたの、急に？」

「鈴菜が岩船の女将になったと噂で聞いてね。泊まりたくなったんだ。予約はしてないが、かまわないか」

「嬉しい。大丈夫。今日は部屋も空いてるから。あとでゆっくりお話ししましょ」

ぴょんぴょんと鈴菜が飛び跳ね、時生が頬を赤く染めた。


岩船は一言でいって、最高の旅館だった。

華美なところはない。どちらかというと地味だ。ただ伝統と格式を大切にしてはいるけど、固いところはない。ほっと落ちつき、心が和(なご)むんだ。

旬の食材を使い、繊細な盛り付けの料理もよかった。とくに球磨川の鮎が絶品で、時生は何匹も食べていた。

そして極めつきは温泉だ。源泉掛け流しで、温泉の成分が見えそうなほど、なんか濃い感じがする。心身共に湯に溶けそうだ。天使も温泉には入れるんだ。グデェッと時生と並んで湯に浸っていた。

執筆で弱り切っていた時生も、ずいぶん回復した。髪も肌もつやっとして、生まれ変わったみたいだ。

部屋でくつろいでいると、鈴菜が顔を出した。

「時生君、お待たせ」

お盆にお汁粉を載せていた。岩船名物、女将のお汁粉だ。

時生は早速口にすると、とろけた顔をする。その表情を見ただけで、口の中に優しい甘味が広がった。ううっ、僕も食べてみたい。

「うまい」

時生が絶賛の声を上げると、鈴菜がそろそろと訊いた。

「お母さんのお汁粉と比べてどうかな？　同じ味かな？」

「お母さん？」

「あれっ、時生君、高校生の頃お母さんのお汁粉よく食べてたよね」

「ああ、そうだった。母君のお汁粉もおいしかった」

時生がごまかす。

時生が同級生の設定にしたので、鈴菜の記憶も補正されているんだけど、どういう補正かは時生自身にもわからない。

お母さんはもう亡くなった、と鈴菜がさっき言っていた。

お汁粉を食べ終えると、時生が口火を切った。

「鈴菜、何か悩んでいることはないか？」

おっ、直球の質問だ。でもまあ鈴菜みたいなタイプは、その方がいいかもしれない。

「悩み？　どうしたの？」

「いや、何かあるかなと」

「女将になった頃だったらあったけど、今はないわ。お客さんも増えてるし、経営も順調だし、従業員のみんなとの人間関係もいいし、悩みごとなんか何もない。最高に幸せだわ」

屈託のない笑みを鈴菜が向ける。時生は行間を読むように、その顔色の奥を読んでいる。ただ嘘ではないと判断したのか、別の質問に切り替えた。

「じゃあ何か叶えたいことはないだろうか？」

「どうして？」

「素晴らしいおもてなしを受けたのだ。せめてその礼を返したい」

それはいいアイデアだ。願いを叶えたら、恋のサブリミナル効果も高まりそう。

「うーん、そうねえ」

鈴菜が唇に指を当てた。

「じゃあお父さんに一度会ってみたいかな」

「お父さん？」

「うん。私のお母さん、私がお腹の中にいるときにお父さんと別れて、私を産んだんだ。父親は誰だってみんなが訊いたんだけど、『そぎゃんことは、どぎゃんでっちゃよか』って一切取り合わなかったの。ほら時生君も知ってるでしょ。お母さん、頑固だから」

「そっ、そうだったな」

　時生が、あいまいに言葉を濁す。

「私はお父さんに会いたかった。子供の頃から何度もお母さんに訊いたの。私のお父さんは誰なのって？　でもお母さんは、『せからしかあ。福山雅治たい』って言うだけだった」

　おかしそうに鈴菜が笑う。

「一度でいいからお父さんに会ってみたい。それはずっと想ってるな、私……」

「何かお父さんに関する手がかりはないのだろうか？」

　鈴菜が手を振る。

「ないない。お母さんしか知らないよ。それにお母さん、本当にお父さんと別れてから一切連絡取ってないみたいだったし。火の国の女だからね」

　燃えたら許さないってこと？　怖（こわ）っ？

「あっ、でも一つだけ、お父さんのこと言ってたな」

「なんだろうか？」

「お父さんの好きな作家が芥川龍之介で、その中でも一番好きな作品が『蜜柑』だって」

時生が感激の声を上げた。

「おおっ、それで鈴菜も『蜜柑』が好きなのか？」

鈴菜が妙な顔をした。

「あれっ、そんなこと私、時生君に話したっけ？」

「ほっ、ほらあのとき話したではないか。ほれっ、思い出したまえ」

時生があわてるが、「そっか、話したっけ」と鈴菜が受け入れた。

おいおい、気をつけろよ。その情報は未来で聞いたものだろ。

鈴菜が優しい笑みを浮かべる。

「でもそれを聞いて嬉しかったな。私も『蜜柑』が一番好きだから。お父さんっていい人なんだろうなって思った」

うんうんと時生がうなずく。

「ミスタードーナツのオールドファッションと、芥川龍之介の『蜜柑』が好きな人に悪い人はいないと世間では言うからな」

そんなの聞いたことないぞ。

鈴菜が、冴えない面持ちで言う。

「でも『蜜柑』が好きってだけではお父さんは捜せないし、お母さんが亡くなった今、お父さんに会う手段はないよ。まあ叶わない夢ってやつかな」

「……それは不可能だな」

うん。絶対無理だね。この世でただ一人を除いてね。

「なるほど。鈴菜さんのお父さん捜しね。それはいいじゃん」

海香がグビッとビールを飲む。一度現在に戻り、海香と珊瑚に話の流れを教えた。

「うむ。コイモドリで鈴菜さんのお母さんが生きている時代に戻り、お母さんから父親が誰かを聞けばいい」

そう、時生ならば御茶の子さいさい、簡単にできる。まるでサトウのごはんのように。

「それは難しいんじゃないでしょうか？」

珊瑚が水を差し、海香が首をひねった。

「なんでよ。時間戻って訊くだけじゃん」

「鈴菜さんのお母さんが、素直に兄さんに話すかな？」

「時にいだったらコイモドリの力で、同級生でも同僚でも、なんでも親しい関係になれるじやない」

「実の娘にも、誰にも父親の正体は明かさなかった。どんなに親しい間柄の人でも、お母さんは決して口を開かなかったんだよ」

海香が言葉を詰まらせる。

「……まあ、そうか」

時生がしぶい顔をした。

「珊瑚の言う通りかもしれない。話を聞いてたら、母君は一筋縄ではいかなそうな人だ」

火の国の女だもんね。頑固そうな雰囲気がぷんぷんするぜ。

海香がニタアと笑った。

「愚かな兄たちよ。頭を使いたまえ」

トントンと自分の額を指で叩く海香に、珊瑚が嬉しそうに尋ねる。

「何か思いついたのかい？」

「コイモドリで、鈴菜さんが生まれた瞬間に戻る。それはできるでしょ」

うむ、と時生がうなずく。コイモドリは惚れた女性が生存している限り、どこでも移動可能だ。

「生まれた直後だったらお父さんはいるじゃん」

やんわりと珊瑚がたしなめる。

「海香、話はよく聞かないとダメだよ。鈴菜さんのお母さんは妊娠中に別れたんだよ。出産のシーンに、お父さんはいない」

海香が、勢い込んで反撃する。

「だっ、だったらコイモドリで、直接お父さんのところに行くのは？」

「それは無理だよ」

珊瑚がサクッと否定すると、海香が不機嫌そうに言う。

「なんでよ？」

「コイモドリで戻るには、ハガキに名前を書く必要がある。お父さんの名前は、鈴菜さんのお母さんしか知らない」

「あっ、そっか」

海香ががっかりする。

そう、それがルールだ。ちなみに鈴菜と関係のない人物の名前を書いても、時は越えられない。あくまでも惚れた相手に関連する人じゃないとダメなんだ。

「じゃあ直接お母さんにアタックする以外、方法がないじゃない」

海香の言葉に、珊瑚が手のひらで頬をなでる。

「最終的にはそうかもしれないけど、もう少し交渉の材料が欲しいな」

出た。『三国志』の世界だったら、軍師になっていたであろう、珊瑚の本領発揮だ。

そして時生に顔を向けた。

「兄さん、ちょっとやって欲しいことがあるんですが」

7

「かんぱい」

坊主頭の男と時生が、コップを合わせた。コップには、球磨焼酎がなみなみと注がれている。人吉は焼酎の産地なんだって。

この綺麗な坊主頭の男性は、小池倫司。岩船の板前で、気さくで陽気な性格だ。

珊瑚の指示は、鈴菜と母親をよく知る誰かから、もう少し情報を得ようというものだった。

それで時生はコイモドリでまた一週間前に戻り、小池と仲良くなった。仕事終わりに居酒屋に誘って、いろいろ話を聞き出す作戦だ。

ただこの小池の声、僕、どこかで聞き覚えがあるんだよな。でも、それがどこだったか思い出せない。

二人で焼酎を飲み合い、ようやく小池の頬が赤らんできた。さすが熊本の男だけあって酒が強い。ただ時生もこう見えて、酒はいける口なのだ。

「俺はうれしかばい、時生。おまえが飲みに誘ってくれたけん」

同じ岩船で働く同僚という設定だ。

「小池氏、すまぬ。私は人吉球磨弁の翻訳機能は持ち合わせていないのだ」

「そっか、そっか、おまえこっちに来たばかりだもんな」

標準語に切り替え、小池が坊主頭をかく。

「小池氏。それで先代の女将さんというのはどういう人だったのだ」

「俺、岩船に勤めたのは、ちょうどお嬢が女将になった頃だから、前の女将さんは知らないぞ」

「……さっきは知ってると言ったではないか」

そうそう。だから小池を誘ったんだ。

「そう言わなきゃ、一緒に飲みに行けねえと思ったんだよ」

バンバンと、小池が時生の背中を叩く。おっと貴重なコイモドリの時間を、早くも無駄遣いか。たちが悪いな、時間坊主泥棒。

ふくれっ面で、時生が言う。

「……まあいい。では鈴菜さんについて教えてくれ。彼女はどうやって女将になったのだ？」

小池が表情を沈ませ、ゆっくりと焼酎を飲んだ。

「先代が亡くなられて、お嬢が女将になったのは知ってるよな？」

「ああ」

「時生さ、おまえ人吉に来てにぎわってると思ったか？」

時生が首を振る。

「そうなんだよ。人吉は昔は温泉街として栄えてたけど、今は閑散としてるだろ。岩船は先代の力で、どうにか経営を成り立たせてたけど、先代が亡くなってもう、見る見るうちに客足が減っていった。従業員のみんなも頑張ったんだけど、焼け石に水だった。そのピンチを救ってくれたのが、お嬢だ」

パッと小池の顔が明るくなる。

「お嬢は岩船を継ぐ気はなかった。東京の立派なIT企業に就職して、バリバリと活躍してたからな。でもみんなが困っているのを見かねて、お嬢は決断したんだ。私が女将になるって。ほんと見上げた心意気だ。火の国の女だよな」

グズッと小池が涙ぐむ。泣き上戸なのかな。

「未経験の若女将だけど、どうか力を貸して欲しいと、従業員一人一人に頭を下げた。それで岩船全体が一丸となれた。

　そして何がダメなのかをお嬢が全部洗い出して、一つ一つ改善してきたんだ。お嬢も人前に出るのは好きじゃないと思うけどよ、ＳＮＳを必死で頑張ったり、マスコミのインタビューを受けたりさ。とにかく岩船をみんなに知ってもらおうと、しゃにむにやってくれたんだ。それで今は、先代のとき以上に繁盛してるってわけよ」

「鈴菜さんは凄い人なのだな」

　時生が感心する。うーん、そんな人と両想いになるなんて、無理じゃないの……。

「俺もさ、少しでもお嬢の力になれればと思って働いてるんだけどさ。ちょっとは役に立ててるといいけどな」

　小池の顔がほんのりと赤くなる。えっ、こいつまさか……。

「小池氏、もしや君は、鈴菜さんが好きなのではないか？」

　さすがの時生も気づいた。

「そっ、そんなわけないだろ」

　ゆでだこのように赤面している。なんてわかりやすい奴だ。

「いや、君は従業員として岩船に忍び込み、鈴菜さんを籠絡（ろうらく）しようとしている不貞ものだ」

「バッ、バカ。だいたい俺がお嬢を好きでも、お嬢が俺のことを好きになるわけねえだろ」

「そんなこと、わからないではないか」

ズイッと小池が頭をつき出した。

「俺は坊主だぞ。お嬢が坊主を好きになると思うか？」

そこで時生が一拍空けて、「そうだな」とほっとする。なんで？

「では小池氏から見て、鈴菜さんに何か悩みはないか？」

「うーん、女将になったときは経営的にも不安定で悩みばっかりだったと思うけど、今はないんじゃやないか？」

やはりそうか。これは本人の言葉と一致している。

「あっ……でもあれは、別に悩みってほどでもないか」

小池が何かを言いかけて、すぐに飲み下した。

時生がくいついた。

「なんだ。なんでもいいから教えて欲しい」

「いや、別にたいしたことじゃないんだけどな、南野晴彦（みなみのはるひこ）さんってお客さんが時々うちに来られるんだよ。

その人最初、先代の女将のお汁粉が食べたいとおっしゃられたんだ。先代の頃に一度お泊まりになられたそうなんだけどな、そのとき出されたお汁粉の味が忘れられないと言われてな。ただ先代はもう亡くなっていないから、そのお汁粉が作れなかったんだ」

「レシピとかないのか？」

　残念そうに、小池が首を横に振る。

「それがないんだ。先代は突然死だったし、その頃お嬢は、岩船を継ぐ気もなかったからな」

「鈴菜さんのお汁粉ではダメなのか」

「いや、結局それをお出しすることになった。おいしかったと南野さんは大変喜んでくださって、ご満足いただけた。それ以降岩船を気に入って下さって、何度も足を運んでくださる。常連客になってくれたんだ」

「ならばよかったではないか」

「ただな、お嬢が南野さんに、先代のお汁粉を食べさせてやりたいとずっと言われているんだ」

　それで鈴菜は、母親のお汁粉と比べてどうかと、時生に尋ねていたのか。

　南野が満足だと言い、常連客になってくれたんだから、僕だったら気にもならないけど、鈴菜のような一流の女将は納得できないんだろうね。岩船が大人気のわけだ。

　でもそんな問題、時生だったらすぐに解決できる。

「ところで小池氏、鈴菜さんの父親の名前を知らないか？」

そう、こっちが本題なのだ。

「それは誰も知らないな。うちの古株でも知らないんじゃないかな」

「そうか……」

時生が語尾を弱めた。もう完全に行き詰まったな。

時生は現在に戻り、また海香と珊瑚に報告する。

珊瑚が眉をひそめた。

「なるほど。お父さんの名前を知るのは、どう考えても無理そうですね」

「……そうだな」

声を落とす時生に、海香が気楽な口ぶりで言う。

「でもお汁粉の件は、すぐに解決できるじゃない。コイモドリで鈴菜さんのお母さんが生きてる頃に戻って、レシピ教えてもらえばいいんだから」

珊瑚が声をにじませる。

「うーん、冷静に考えると、それすらも厳しそうだね」

「なんでよ？　さすがにお父さんの名前は教えてくれないにしても、レシピぐらいはいいでしょ」

「岩船のお汁粉のレシピは、女将しか知らないものだよ。いわば秘伝みたいなものだ。お母さんが生きている時代は、鈴菜さんは女将になる気はない。教えてと頼んで、簡単に教えてくれるかな？」

「そっか、頑固なお母さんなら教えてくれないかあ……」

不安そうな海香に、ドンと時生が胸を叩く。

「案ずるな。それに関しては私に秘策がある」

8

「えっ、鈴菜の大学の友達だって」

鈴菜の母親、牧野清美（きよみ）が驚きの声を発した。

時生はコイモドリで八年前に戻った。鈴菜は今、東京で大学生をしている頃だね。

清美は鈴菜と同じ、和服の似合う綺麗な女性だ。顔立ちもそっくり。よく似てる。

でも鈴菜よりも気が強そうで、なんだか学校の先生みたいな雰囲気もある。うーん、おっかなそう。

「そうであります。旅行で熊本に来たのです。まずは母君にこちらを」

スッと時生が手土産を渡す。清美が包み紙を開けた。

「芥川龍之介かい？」

「はい。芥川龍之介クッキーです。それと『地獄変』が好きだとお聞きしたので、別府で地獄蒸しプリンも」

秘策ってこれかよ……？

コイモドリで鈴菜が東京にいる時期に戻り、文豪グッズの店と、別府のアンテナショップで購入した。

「中々気が利くね」

清美が上機嫌で言う。おっ、結構いい手なのかも。

「鈴菜さんに、母君からお汁粉のレシピを聞いて欲しいと頼まれました」

清美の目に警戒の色が浮かぶ。

「どうしてお汁粉のレシピがいるんだい？」

うっと時生がたじろぐ。

「すっ、鈴菜さんが、うちのお母さんが作るお汁粉が世界で一番おいしい。だからみんなにふるまいたいと」

「じゃあの子が、電話でもなんでも使って私に聞けばいいじゃないか」

「それは照れくさいのでは」

「まあ、あの子はそういう性格だね」

じっと清美が時生に目を据え、時生がたじたじになる。

「ダメだね」

清美がきっぱりと断る。

「……どうしてですか」

「このお汁粉は代々岩船の女将が受け継いできた秘伝のレシピだ。あの子はうちの旅館を継ぐ気はない。だから教えられないね」

噂通り、中々の頑固者だ。

時生がそこで膝をつき、土下座をした。突然の行動に、清美が狼狽する。

「おいおい、何をするんだい」

「鈴菜さんはいずれ立派な女将になります。母君に負けないほどの。私はそう確信していま す」

「わかった、わかった。教えるから、頭を上げな」

時生が体を起こすと、清美が安堵の息をついた。それからメモ用紙に、スラスラとペンを走らせる。ビッと小気味よくメモをちぎると、時生に手渡した。

「ほらっ、これだよ」

「ありがたく頂戴致します」

ふっと清美が頬をゆるめた。

「あんた、鈴菜が好きなのかい？」

時生が即答する。

「もちろんであります」

「惚れた女のために土下座する。私は嫌いじゃないよ」

おおっ、これは予想外の展開。まず母親に認めさせたぞ。

「鈴菜さんの父君もそんな人物でしたか？」

何ぃ！　時生にしてはおしゃれな一撃だ。まるで珊瑚だ。

清美が一瞬目を瞬かせたけど、ニヤッと不敵な笑みを浮かべた。

「それも鈴菜に聞けと頼まれたのかい？」

「これは個人的判断なのです」

「口が裂けても言えないね。おっと、これぱっかりは土下座されても言えないよ」

むむっと時生が唇を嚙みしめる。

「どうしてなのですか？　鈴菜さんは父君に会いたがっています」

　そこで、清美の表情が陰った。

「大人には、大人の事情がある。あの子の父親はいない。それでいい」

「……ではもし父君が、鈴菜さんに会いたいと願われたら」

「……それはないね」

「どうしてなのですか？」

「あんたは若いからまだわかんないだろうけどね、世の中には知らなくていいことがあるんだ。知らぬが仏ってのはよく言ったもんだよ」

　僕はハッとした。

　清美の瞳に、深い悲しみが宿っていた。それはドロッと濁っていて、底がまるで見えなかった。

「さあ、レシピは教えたんだ。もう帰っとくれ」

　清美が、部屋から時生を追い出す。

「ほらっ、これもやるからね。飛行機の中でお食べ」

　そう清美がテーブルの上から蜜柑を数個とって、強引に時生に持たせる。そして、バンと扉を閉めてしまった。

仕方なく時生は現在に戻り、珊瑚と海香に伝える。

海香が、つまみのスルメをかじる。

「まっ、レシピを聞き出せただけでもよかったじゃん」

「むっ、まあそうなのだが」

時生はまだ不満げだ。珊瑚が意味深につぶやいた。

「知らぬが仏か……」

さっきの清美の台詞だ。時生が聞きとがめる。

「どうした珊瑚？」

「いや、どういう意味だろうと思ったんです。鈴菜さんは父親の存在を知らない方がいい。そういうことだとは思うんですが……」

「つまり父親を知ることで、鈴菜さんがショックを受けるということか」

時生が顎をなでると、海香がささやくように言う。

「清美さんが不倫したとか……」

「相手方が既婚者だった。その可能性はあるだろうね。あとはもしくは……」

珊瑚が何かを言いかけて、途中で言葉を止めた。なんか珊瑚らしくないな。

海香が、パッと時生の蜜柑を奪い取った。

「もらい」

手早く皮を剝いて、口に一房放り込む。乾き物を食べていたので、喉が渇いたんだ。わかりやすい奴。

「あまーい」

海香が感激の声を上げた。

「すっごい、おいしいじゃん。この蜜柑どうしたの？」

思い出すように、時生が答えた。

「うん？　あっ、清美氏に無理矢理持たされたのだ」

「帰り際にお菓子とか果物とか持たせるって、なんか母さんって感じだね。いいなあ」

少しうらやましそうに、海香が言う。そう、時生達の母親も、もうこの世にいないんだ。

時生と珊瑚も蜜柑を食べ、絶賛の声を上げた。すると珊瑚が、ハッとした。

「……蜜柑。お汁粉」

何か確認するようにつぶやいた。パクッと、海香がもう一房蜜柑を食べる。

「どうしたの。珊にい」

「二つとも、芥川龍之介に関係するものだ」

時生が首を傾げた。

「たしかにそうだが、それがどうかしたのか？」

「兄さん、コイモドリをするのを少しだけ待っててもらっていいですか？」

「うむ、かまわないが」

すみませんと珊瑚が部屋を出て行った。二階からガサゴソと音がするので、自分の部屋にいるのだろう。

三十分ほどすると、珊瑚が部屋に戻ってきた。

「兄さん、僕も過去に連れて行ってくれませんか」

9

時生と珊瑚は、海猫の受付に向かった。

コイモドリは晴渡家の長男だけの能力だが、晴渡家の血を引く人間だったら、過去に同行することができる。だから珊瑚も海香も過去に行けるんだ。

ハガキを手に取り、時生が宛名を書こうとすると、珊瑚が止めた。

「兄さん、鈴菜さんの名前ではなく、別の方の名前を書いてくれませんか」

時生が耳を疑った。

「別の名前？　一体誰だ？」

珊瑚が答えた。

「南野晴彦」

誰それ？　僕はわからないけど、時生はすぐに気づいた。

「南野氏って、岩船の常連客ではないか」

あっ、思い出した。岩船の常連客ではない。清美のお汁粉を食べさせたいと、鈴菜が言っていたお客さんだ。

「なぜだ？　なぜそんな名前を書く必要がある」

「それは後で話します」

「鈴菜さんと南野氏は、女将と客という関係だ。コイモドリするには、少し関係が弱すぎる」

「僕にも確証はありません。コイモドリができるかどうか、一応試してみませんか」

「それはかまわないが」

首をひねりながらも、時生が南野の名前を記す。小池がフルネームで話してくれてよかった。旅館の従業員だから、名前を覚えるのが得意なのかな。

応接スペースに二人で入り、ポストの前に立つ。珊瑚が時生の肩に手を置き、時生がそれを確認した。

「時間はいつにする？」

「そうですね。じゃあ半年ぐらい前で」

珊瑚がそう返すと、「よしっ」と時生がハガキをポストに投入した。

いつものように視界がゆがみ、気がつくと、町のざわめきが耳の奥に響いてきた。四角いポストの前だ。

緑色の屋根瓦とベンガラ色の外壁の建物が軒を連ね、提灯がぶら下がっていた。近くに東京スカイツリーがそびえ立っている。

「どうやら浅草ですね」

まぶしそうに、珊瑚が目を細めた。

「鈴菜さんは南野氏のことを気にされていたから、コイモドリが発動する関係ではあったようだな」

ふむふむと、時生が一人納得し終えると、「こっちのようだ」と歩きはじめた。コイモドリの力で、ハガキに書いた人物がどこにいるかが察知できる。だから時生は、名前を記した相手のもとに、迷わずにたどり着ける。

路地に入って、あっと時生が頓狂な声を上げた。

「兄さん、どうしましたか？」

「梅園だ」

少し古い店があり、看板にそう書いている。

「知ってるお店なんですか？」

「芥川龍之介の『しるこ』というエッセイに出てくる、老舗の甘味屋だ。永井荷風の『踊り子』の一節にもある」

「なるほど。芥川龍之介好きが通うにはいい場所ですね」

中に入ると、奥の方の席に男性がいた。やや白髪交じりだけど、綺麗に散髪されている。ただ身なりはかなりみすぼらしい。上着もズボンも色あせている。一体何年着ているんだろう？

お汁粉を食べたばかりなのか、椀が空になっていた。

珊瑚が彼の向かいに先に座り、続けて時生が隣に腰を下ろす。

彼が動転気味に、辺りを見回した。

「他にも席は空いていますが？」

珊瑚が落ちつき払って言う。

「南野晴彦さんですね」

「どうして私の名前を」

「僕達は、岩船の牧野鈴菜さんの古くからの友人です」

「牧野さんの」

南野が驚き混じりに返すと、珊瑚が辺りを見回した。

「南野さん、この店は芥川龍之介のエッセイにも出てくるそうですよ」

「ええ、『しるこ』です。ムッソリーニも気に入るしるこですね」

時生が目を輝かせた。

「おおっ、南野氏も、『しるこ』を読まれているのか」

芥川龍之介の小説だけでなく、そんなエッセイまで読んでるんだ。時生みたいな人だな。

「南野さんは、お汁粉が好きなんですね」

ちらっと珊瑚がお椀を見る。

「昔からの好物です」

「だから岩船まで、お汁粉を食べに行かれるのですか?」

「……それが何か」

珊瑚の真意が読めないのか、南野が警戒を深める。

「でもわざわざ何も、熊本の人吉まで行く必要はない。この店を含め、おいしいお汁粉は東京にもたくさんある」

「あそこのお汁粉は格別です。それに人吉が好きなのです」

「そういう感じには見えませんが」

我慢できなかったのか、南野がいらいらしはじめた。

「何が言いたいのですか？　用件がなければ帰らせてもらう」

珊瑚がずばりと言った。

「あなたは、鈴菜さんの父親ですね」

えっ……!?

何言ってんの、珊瑚。この人はただのお汁粉大好きおじさんじゃないか。

「おいおい、珊瑚。そんなわけないじゃないか」

時生がとまどい、南野は声をしぼり出した。

「彼の言うとおりだ。そんなわけがない」

「そうですか。でも私は先代の女将の清美さんから、生前に聞いたのです。鈴菜の父親は、南野晴彦さんだと」

珊瑚が平然と言う。うわっ、すっげ、サラッと嘘つくじゃん。こいつ、結婚詐欺師になれんな。

「清美さんが……」

放心したように、南野がストンと力を抜いた。

珊瑚の口ぶりが重くなる。

「正直に言います。南野さん、私はあなたがどんな人であるかを知っています」

「そうですか……」

南野の表情がスッと陰った。そこには決して風化しない、灰色の憂いがよぎっていた。

南野が慎重に尋ねる。

「鈴菜……いや、牧野さんは知っているのですか？　その、私が父親であることを」

「いいえ」珊瑚が静かに首を振る。「鈴菜さんは知りません。清美さんは私だけにその事実を伝え、お亡くなりになられました」

「よかった……」

心底安堵するように、南野が深い息をこぼした。

珊瑚が、やわらかい声で提案する。

「ちょうど店には誰もいません。よかったら、清美さんとの出会いについて教えてくださいませんか」

「彼女は何も言わなかったのですか？」

「ええ、詳しくは」

「そうですか……」

一瞬声を沈ませると、南野は堰を切ったように語りはじめた。

10

一体、どこから話せばいいか。

私はなんの取り柄もなければ、かといって欠点もない。いたって普通の男ですから。

父親は広告代理店のサラリーマン、母親は専業主婦の家庭で、長男として生まれました。

成績も普通で、通っていた大学も一般的です。本当に絵に描いたような、どこにでもいる平凡な男でした。

就職は、地元にある農業機械メーカーでした。大手ではないのですが、独自の技術力で、着実な経営をしている企業です。私は営業マンとして働いていました。

ある日、出張で出かけた企業で、散々な扱いを受けました。

冴えない気持ちを抱えたまま、私は新幹線に乗りました。せめてもの慰みにと、奮発してグリーン車に乗りました。

そのときです。隣の席に、一人の若い女性が座ったのです。はつらつとした雰囲気で、人目を惹くような容姿の方でした。

彼女は、手に新幹線のチケットを持っていました。それがちらっと目に入ったのですが、席が間違っています。グリーン車ではない、普通の席のチケットです。

ですが彼女は、まるで気がつきません。頓着(とんちゃく)なく、席に腰を下ろしました。その非常識さに、私は少しむっとしました。

すると彼女は、ビニール袋からあるものを取り出しました。

それは蜜柑です。

太陽が染みたような、鮮やかなオレンジ色の蜜柑です。

彼女は皮を剝くと、その一房をパクッと口に放り込みました。そして、実においしそうな顔をするのです。世界中の幸福を、一身に集めたような表情です。

じっと見ていた私に、彼女が気づきました。そして蜜柑を差し出したのです。

「蜜柑、食わんね」

それが、牧野清美さんとの出会いでした。ええ、鈴菜さんのお母さんです。

はい。そうですね。芥川龍之介の『蜜柑』とそっくりですよね。芥川龍之介の作品の中で、私は一番あの小説が好きなのです。

鬱屈した気持ちを抱えた主人公が、少女が持ってきた色鮮やかな蜜柑を見て、心が晴れやかになる。まさに『蜜柑』です。まるで、小説の世界に入り込んだ気分になりました。

えっ、鈴菜さんも『蜜柑』が好きなのですか。そうですか……それはなんだか嬉しいですね……。

すみません。話を続けます。小説の『蜜柑』と違ったのは、主人公の私が彼女に惚れてしまったことです。

その出会いがきっかけで、私達は付き合うようになりました。

当時の清美さんは、関西の老舗のホテルで働いていました。偶然ですが、私の家の近所でした。

彼女は蜜柑が好きで、常日頃から持ち歩いていたのだそうです。芥川龍之介の話をして、彼女も芥川龍之介の小説を読むようになりました。彼女は『地獄変』が好きでしたね。

付き合うとすぐに、二人で同棲しました。仕事でヘトヘトに疲れても、家に帰って彼女の笑顔を見れば元気になりました。

そして何よりも楽しみだったのが、彼女が作ってくれるお汁粉でした。私は大の甘党なのです。ええ、芥川龍之介もそうですね。

清美さんの作るお汁粉は格別でした。あのおだやかで優しい甘味が、今でも思い出されます。

そして私は彼女に結婚のプロポーズをし、彼女は承諾してくれました。天にも昇る気持ちとはまさにあのことでした。

いつ籍を入れようかという話をしているときに、さらに嬉しい知らせが舞い込みました。清美さんの妊娠がわかったのです。もうその知らせを聞いたとき、私は世界で一番幸福な人間だと思ったほどです。生まれてくる我が子を想像して嬉し泣きをしたほどです。そんな私を見て、清美さんは笑っていました。でも彼女も、そっと指で涙を拭っていたのだからお互いさまです。

ところがその直後です。私達の運命が激変する、ある事件が起こりました。

同僚と一緒に、居酒屋で飲んだ帰り道です。私はコンビニに立ち寄り、アイスクリームを買いました。清美さんがつわりだったので、食べやすいものを買って帰ろうと思ったのです。アイスが溶ける前に帰宅しよう。そう思って、いつもとは違う道を通りました。後々考えると、それが運命の分岐点でした。

狭い路地裏で、何やら騒がしい声が聞こえてきました。

それは若い男と女でした。酔った男が、女に絡んでいるようです。

あきらかに女性は迷惑そうでした。すると男性が、突然女性の頬を引っぱたいたのです。

さすがに見捨ててはおけません。私は間に入って、なんとか女性を救おうとしました。

彼はかなり酩酊していて、正気を失っています。なんだおまえは、と怒声を上げ、私に摑みかかってきました。私と彼はもみ合いになりました。

するとと彼が足をすべらせ、こけてしまったのです。ゴッという低くも鈍い、不気味な音が響きました。なんと彼の後頭部が、エアコンの室外機の角に当たったのです。

彼はぐったりとして、ぴくりともしませんでした。私はハアハアと肩で息をしながら、呆然とそんな彼を見つめていました。

女性は悲鳴を上げると、そのまま駆け出しました。早く救急車か助けを呼ばなければ……そう頭では思うものの、体は微動だにしません。魂が体から離れて、抜け殻になった気分でした。

そうです……彼はその後頭部の打撲が致命傷となり、死んでしまったのです。

私は……人を殺してしまいました。

騒ぎを聞いた誰かが通報し、すぐにパトカーのサイレン音が聞こえました。あのかん高い音は、今でも頭の奥でこだまします。脳裡に刻まれた、一生消えない呪詛（じゅそ）のような響きでした。

もうその後のことは思い出したくもありません。まるで、何か悪夢を見ているような気分でした。

拘置所で、私は清美さんと面会しました。いつも元気で明るく、辛い顔一つ見せなかった彼女が、憔悴しきっていました。

あの事件を起こしてもっとも応えたのが、彼女にあんな表情をさせてしまったことでした。

開口一番、私は清美さんにこう言いました。

別れよう、と。

なぜならお腹の子供を、殺人犯の子供にするわけにはいきません。もう私達は赤の他人だ。なんの関係もない間柄だ。もう一切連絡を取らないでくれと頼みました。

清美さんは泣いて拒否しました。それはできないと。ただ私は、必死に説得を続けました。君は母親になるんだ。だったら子供の未来を第一に考えなければならない。子供のために一切の不幸を排除する。それが親の務めだと。

深い沈黙が生まれました。何か魂が抜けたように、清美さんは黙り込んでいました。私にはそれが、永遠のように感じられてなりませんでした。

やっと彼女が動きました。かばんから何かを取り出し、目の前に置きました。

それは一つの蜜柑でした。

彼女がいつも持ち歩き、私達の出会いのきっかけともなった、あの蜜柑です。

うしろに立っていた刑務官が、一瞬怪訝な顔をしました。なんのことか意味がわからなかったのでしょう。

でも私にはわかります。その蜜柑を見て、すべてを悟りました。彼女は、私の説得を受け入れてくれたんだと。

赤ちゃんを無事に産みます。心配しないで。でも私達はもう赤の他人。今日が今生の別れです。

さようなら……。

彼女はあまりに辛くて、その言葉を口にすることができなかった。

だから蜜柑に託したのです。

彼女が立ち去り、ポツンと蜜柑だけが残っていました。アクリル板越しに、あの寂しそうに置かれた蜜柑を見て、私は泣き崩れました。嗚咽が止まりませんでした。理性が粉々に砕かれ、悲しみの海で溺れるように、ただ、ただ、慟哭しました。

私のすべてが、人生そのものが終わった……そう感じられてならなかったからです。

そうか。あれからもう、三十年近くの月日が経ったんですね……人生とは皮肉なものですね。舞台が終わって、幕が閉じてからの時間の方が長いだなんて。

私は刑期を終えると、コンテナの作業員として港で働きました。仕事内容はクレーンを操作して、コンテナの上げ下ろしをすることです。

農業機械メーカーに勤めていたので、そういう機械の操作は得意だったんです。

えっ、結婚ですか？　もちろんするわけがありません。家庭を持つなんて贅沢、前科者の私にはできません。

もちろん、清美さん、そして生まれたであろう子供のことを忘れたことは、片時もありません。忘れることなどできません。

ですがもう彼女達は、赤の他人なのです。清美さん達の行方を捜すことは、固く自分に禁じていました。

そんなある日のことです。休憩室にいると、作業員達が雑誌を見て騒いでいたのです。何事かと尋ねると、綺麗な女将さんのいる宿が紹介されていると、雑誌を開いて渡してくれました。

そのページを見て、私は息を呑みました。

それは熊本県人吉市の旅館の、女将のインタビュー記事でした。その人物は、若き日の清美さんとそっくりだったのです。

しかも彼女の苗字は、牧野……清美さんと同じなのです。

読み進めると、先代の女将である牧野清美が急死し、彼女が跡を継いだ。苦労しながらも旅館を再建し、今では客足が絶えない旅館となった。そしてその旅館の名物は、女将が作るお汁粉だと……。

清美さんが死去したという衝撃で動揺しましたが、さらにその女将の年齢を見て、心臓が止まりそうになりました。清美さんと別れてからの年月と、まるで同じだったのです。

そう、岩船の若き女将、牧野鈴菜さんは、私の娘だったんです……。

長い話を終えて、南野はぬるくなったお茶を飲んだ。

時生も珊瑚も僕も、微動だにせずに、話に聞き入っていた。えっ、何？　大人の鑑賞にも堪えうるドラマみたいな人生じゃん。映画化まったなしじゃん。

珊瑚が、そこで口を開いた。

「それで岩船に通うようになったんですね。鈴菜さんに会うために」

南野の表情に、葛藤があらわれた。

「……正直迷いました。会うべきではないと頭ではわかってはいたんですが……」

「会わずにはいられなかった」

珊瑚が言葉を添えると、「ええ」と南野が苦渋に満ちた顔でうなずいた。

「人吉に行き、清美さんの墓前に手を合わせたかった。それもありますが、やはり実の娘を一目でもいいから見たかった……鈴菜さんの記事を見て、長年耐えてきた我慢の糸が、プツンと切れてしまったのです。今では深く後悔しています」

「そんなことはないのだ！」

時生が叫んだ。

「南野氏、鈴菜さんはお父さんに会いたいと、子供の頃からそう願われていたのです。ぜひ自分が父親だと、その口で伝えてあげてください」

「兄さん」珊瑚がたしなめる。「南野さんと清美さんは、鈴菜さんに南野さんの正体を隠すため、長年懸命に努力されてきたんですよ」

「だが南野氏は罪を償ったではないか。それに過失致死だ」

「……世間とは残酷なものです。南野さんには申し訳ないけど、もし鈴菜さんの父親が人を殺していたと周囲が知ったら、鈴菜さんは一体どんな目で見られるか？　たとえ殺意がなかったとしても、悪評は避けられない。下手をすれば、岩船の経営に影響するかもしれない。しかもその事実を知った鈴菜さんは、どんな想いをするのか。少しは想像してみてください」

「……それは」

時生が言い淀むと。南野が寂しげに微笑んだ。

「そのとおりです。故意でなくても、刑期は終えても、殺人の罪は消えない」

珊瑚が唇を噛んだ。

「知らぬが仏。清美さんがそう言ったけど、まさにこれがそうなんです」

よく耳にすることわざだけど、今回のケースほど当てはまるものはない。

たしかに珊瑚の言うことは正論だ。でも、でも、本当にそれでいいの？

時生が声を荒らげた。

「でもそれで鈴菜さんも、南野氏も幸せなのか？」

僕の気持ちを代弁するように、時生が熱く言った。

南野が笑みを深めた。

「ありがとう。あなたのお心遣いに感謝する。でも、私は一生、彼女に自分が父親だと伝える気はない」

鉄のような信念が込められた言葉だった。中二天使の僕だけど、さすがにわかる。この固い決意は翻せない。

時生、これはあきらめよう……。

だが時生は、逆に目に力をみなぎらせた。

「では南野氏、この方法はどうですか？」

11

「お嬢、完璧です」

小池が褒めると、ふぅと鈴菜が手の甲で額の汗を拭う。その隣では、時生が見守っていた。

キッチンの上には、お汁粉が載っていた。

時生はコイモドリで過去に戻り、清美のレシピを鈴菜に手渡した。清美の古い知り合いが、レシピを持っていたと嘘をついて。ちなみに今、時生は鈴菜の同級生ではなく、従業員の設定だ。

レシピ通りのものを作り、古くからの従業員も、「先代のお汁粉です」と太鼓判を押した。

そして今日が、南野が岩船を訪れる日だ。

お盆にお汁粉を載せて、鈴菜がキッチンを出る。喫茶室に、南野が座っていた。窓の外には美しい日本庭園が広がっている。

「お待たせしました。お汁粉です」

鈴菜がテーブルの上に、お汁粉を載せる。

南野が椀を手に取り、ゆっくりと箸を動かした。餅を口に入れ、ズズッと汁を啜る。その瞬間花が咲いたように、顔が明るくなる。

「先代のお汁粉だ……」

よしっと、僕は拳を握り、時生と小池も喜んでいた。

「これはどうされたのですか？」

「先代のレシピがつい最近見つかったんですよ。最初に南野さんが訪れられたとき、ご所望されていたので」

「そんな、わざわざ作ってくださったのですか」

南野の声が感激でうち震え、鈴菜が満足そうな笑みを浮かべた。

なんて微笑ましい光景なんだろう。鈴菜、その人がお父さんだよって言いたくなるけど、口が裂けても言えないよな……。

南野は完食すると、玄関に向かった。そこに送迎用のタクシーが待っている。

鈴菜、小池、時生で南野を見送る。

「また来させてもらいます」

南野は丁寧に言うと、タクシーに乗り込んだ。

ダメか……僕と時生が、うなだれかけたそのときだ。

ウィーンと、タクシーの窓が静かに開いた。

「女将」

南野が声をかけると、鈴菜が顔を上げた。

ポンと空中を何かが横切った。

それは、蜜柑だ——。

南野が鈴菜に、蜜柑を投げた。鈴菜は驚きながらも、それを受けとった。

あっ、と僕は叫びそうになった。蜜柑だ。南野が、蜜柑を投げてくれた。歓喜の波で、僕はブルブルとうち震えた。

窓が静かに閉まると、タクシーは走り去っていった。

鈴菜は蜜柑を手に、呆然と立ちつくしている。南野の行動の意味がわからず、混乱しているんだ。

でもその直後、ハッと身震いした。そして声にならない声で、こう漏らした。

「お父さん……」

伝わった。伝わったんだ。

僕は改めて、一つの蜜柑を見た。

それには親から娘への愛情が、三十年近く放っておいた懺悔(ざんげ)の気持ちが、誤って人を殺(あや)めてしまった苦悩と運命の皮肉が、清美の死を悼む心が、そして、自分が父親だと打ち明ける強い覚悟が、すべて、すべて、小さな、丸い、たった一つの蜜柑に込められていた。

それは決して言葉では伝えられない、南野の大きな想いなんだ。

鈴菜は大事そうに、両手で蜜柑を包み、南野が去った方向を見つめていた。

12

「何それ、すっごい素敵じゃん」

海香が、絶賛の声を上げる。

時生は現在に戻って、うまくいったと珊瑚と海香に教えた。

「それにしても兄さんの案は本当に素晴らしかったです」

「あれしか考えられなかった」

褒める珊瑚に、時生が優しく目を細めた。

そう、あのとき時生が南野へした提案は、『鈴菜に蜜柑を渡して欲しい』というものだった。

南野は長い葛藤の末、それを了承してくれた。

海香が感心した。

「鈴菜さんは蜜柑一つで、南野さんがお父さんだと気づいたのね。さすがだわぁ」

「芥川龍之介を愛する者にはわかるのだ」

なぜか時生が胸を張った。

海香が心配そうに訊いた。

「……でも蜜柑でお父さんって気づいたんだったら、今度南野さんが岩船に来たとき、鈴菜さんがいろいろ聞くんじゃないの？」

珊瑚が静かに首を振る。

「それはないと思うよ。南野さんは自分の口で父親だとは言わなかった。ということは、何か言えない事情がある。だから蜜柑に託した。そう鈴菜さんならば、敏感に察するはずだよ。何せ芥川好きの名女将だからね。だから今まで通り、女将とお客さんの関係を続けると思う」

これも行間を読むってやつなのかな。

二人が好きな小説だからこそ、蜜柑一つですべてがわかりあえる。なんか小説って深いな。

時生が珊瑚に顔を向ける。

「それで珊瑚、なぜ南野氏が、鈴菜さんのお父さんだと気づいたのだ」

「そうよ、それ。私も不思議だった」

海香が身を乗り出し、珊瑚が困ったように額の脇をかく。

「別にたいしたことないですよ。南野さんは、最初先代の清美さんのお汁粉を求めた。鈴菜さんのお汁粉ではなくね。ならば何か特別な思い入れが、清美さんにある人なのではないか。例えば……」

「恋心」

先読みするように、海香が言う。

「そう。かつて片想いだったか、恋仲にあった。そして鈴菜さんの父親の情報は、芥川龍之介が好きだということ。特に『蜜柑』が。そこで偶然、兄さんは清美さんから蜜柑をもらってきた。

僕は想像を深めました。清美さんは若い頃から、蜜柑を持ち歩いたり人に渡すのが習慣じゃないか。かつて父親は清美さんに、蜜柑を渡されたことがあるのではないか？

そこでふと、南野さんが父親ではないかと閃いたんです。可能性は低いですが、ものは試しで名前を書いて、コイモドリができたらもうけもの。そう考えただけで、まったく論理的なものではないです。ただコイモドリができた時点で、南野さんが父親だと確信しましたけどね」

時生がうなり声を上げた

「……たしかに言われてみれば、単なる客と女将の関係では、コイモドリは発動しないか」

うーん、僕も今さらながら気づいた。

時生が、さらに疑問を投げる。

「では、なぜ南野氏の素性を事前に知っていたのだ」

「知りませんよ。全部知っているとかまをかけただけです」

「その割には南野さんが殺人の罪を犯したと聞いて、特に驚いていなかったようだが」

「清美さんが父親の名前も素性も隠したのは、既婚者の可能性があると言いましたね」

「そうだな」

海香とそう話していた。

「他に考えられるとすれば有名人、もしくは何かの犯罪に関連した人物……。

有名人ならば検索でひっかかると考えましたが、それはヒットしなかった。だったら犯罪関連かなと当たりをつけていただけです。

南野さんが鈴菜さんの存在を知ったのは、鈴菜さんの雑誌のインタビュー記事だと推測しました。調べましたが、南野さんが最初に岩船に来られた時期と、掲載時期はほぼ同じでした」

「さすが、珊にいはできる男だわ」

うんうんと、海香がうなずいている。いやいや僕も、もうちょい時間があったら気づいていたよ。ううっ、悔しい……。


翌日、時生は起きると気合いを入れて頬を叩いた。珍しく寝癖がなく、髪型を整えている。

あれからコイモドリで鈴菜のもとに赴き、従業員として働き続けた。一週間の期限ギリギリまで、恋のサブリミナル効果を高めた。

さあ、いよいよ勝負のときだ。

海猫に行って、鈴菜の部屋を訪ねようとした。でも勇気がなかったのか、とりあえず応接スペースに入った。

そこで時生は目を丸くした。

お汁粉の着ぐるみがいたのだ。側に鈴菜がいて、バランスを見ている。和服姿ではなく、ラフな格好だ。

お椀のふたの部分がパカッと外れて、中の人間が姿を見せた。坊主頭の男だ。

それは、板前の小池だった。

あっ、と僕はそこで気づいた。小池の声を耳にして、どこかで聞き覚えがあると思ってたけど、『お汁粉ちゃん』だったのか。

「時生さん」

鈴菜が声を上げ、時生が尋ねた。

「『お汁粉ちゃん』ですか？」

「はい。『お汁粉ちゃん』兼、私の夫です」

えっ、夫……。

「はじめまして。夫の小池です」

屈託のない笑みで、小池が挨拶する。

「ごっ、ご結婚されてたんですか」

動揺を必死に押し殺して時生が尋ねると、ええ、と鈴菜が笑顔になる。

「まさかお嬢と結婚ができるとは夢にも思いませんでした」

感極まって男泣きする小池を、鈴菜がたしなめる。

「お嬢じゃないでしょ。鈴菜でしょ」

「あっ、そっか」

時生が、動揺を押し殺して尋ねる。

「鈴菜さん、小池氏のどこを気に入られたのですか？」

鈴菜がほのかに微笑んだ。

「私のことをずっと見守って、陰で支えてくれてましたからね。彼が私の一番の理解者です。あと何より」

鈴菜が、小池の頭をなでる。

「私、坊主の人が好きなんです」

えっ、そうなの？

鈴菜に頭を触られて、小池が恍惚の表情をしている。この二人がイチャつく姿を見るのはかなり辛いぞ……。

ちらっと時生を見ると、もう目が潤んでいる。

「あっ、あの、『お汁粉ちゃん』、私も中に入ってみたいのですが」

「ええ、どうぞ」

小池が言い、時生が『お汁粉ちゃん』の着ぐるみをかぶった。中からグズグズと、くぐもった声が聞こえてくる。

うん、そうだね。着ぐるみの中なら泣いてもバレないからね。

13

夜になり、時生が縁側に座っていた。今日は曇って月が見えない。風が強いせいか、雲がどんどんと流れていく。

「残念でしたね、兄さん」

珊瑚が隣に腰かけた。

「いいんだ、珊瑚。鈴菜さんのお父さんが見つかった。それで私は十分幸せだ」

時生と珊瑚の間に、ニュッと何かが出てきた。それは蜜柑だった。

後ろを振り返ると、海香が差し出したものだった。

「なんだ、海香？」

時生が問いかけるが、海香は答えない。わざとらしく、唇をきつく結んでいる。

時生と珊瑚は意図を察したのか、二人同時に蜜柑を手に取り、それを口にした。海香も同じく、モグモグと蜜柑を食べる。

誰も口を開かない。蜜柑が甘いのか、酸っぱいのか。

失恋とは辛いものだな。だから無理って言ったじゃん。兄さんにふさわしい人は必ずいるさ。

そんなことも言わない。でも言葉にしなくても伝わるものはある。

僕は、もうそれを知ってるんだ。

第四話　『檸檬』梶井基次郎

いったい私は
あの檸檬が好きだ

koimodori

1

さあ、今日は僕のおすすめアニメ・ベスト5から話そうかなと思ったけど、ちょっとタイミングが悪いな。それはまたあとで。

ここは和室。リビングの隣にある一室ね。時生、珊瑚、海香が集まって、仏壇に線香を上げている。

立派な木製の仏壇に、遺影が二つある。ただサイズが違う。一つはドンと大きくて、一つは小さい。

大きい方が、三人の母親の晴渡加奈子の写真。眉と目の感じは珊瑚で、口元は海香に似てる。ひまわりが咲いたような笑顔。

もう一つのミニサイズは、父親の晴渡時治。晴渡家の長男は、みんな名前に『時』がつくんだ。つまり時治は、かつてのコイモドリの能力者ね。時生が生まれた時点で、その能力は失ったんだ。

潮風にいたんだロン毛の髪と、モジャモジャの髭。時治はサーファーだったんだって。二人共もうこの世にはいない。加奈子は十三年前に交通事故で、時治は三年前に海の事故で亡くなった。

遺影のサイズは、まあ察してあげてよ。加奈子の方が、子供達にとっては大事なんだ。

「お母さん、今日も頑張るね」

そう海香が元気よく宣言した。さあ、一日のはじまりだ。

海猫のキッチンで、三人そろって朝食を作る。時生がししゃもを焼き、珊瑚が卵焼きを作り、海香がわかめの味噌汁を担当する。

テーブルに並べて、「いただきます」と声をそろえた。

時生が、足をパタパタさせている。その振動がテーブルに伝わり、味噌汁の表面が揺れている。

「時にい、足」

海香が注意し、すまんと時生が謝るけれど、足は止まらない。

「ちょっと、何してんのよ」

珊瑚が口添えする。

「仕方ないよ。明日新人賞の一次審査の結果が出るからね」

「ああ、毎年の風物詩か」

それで海香が納得する。

「もう毎年落ちてるんだからさ、そろそろ落ち慣れしなよ」

「……そんなものに慣れはない。失恋も新人賞に落ちるのも、プール一杯の硫酸に落ちるほどの激痛なのだ」

激痛とかの問題じゃなくて、普通に死ぬだろ。

「今年は大丈夫だよ」

珊瑚が言うと、海香がツッコむ。

「珊にい、それ毎年言ってんだけど」

無視して珊瑚が、時生に頼む。

「兄さん、今日も駅にお客様のお出迎えを頼みます」

海香が聞きとがめる。

「えっ、女性じゃないでしょうね」

「そうだよ。女子大生の方だよ」

「ダメだって！」

海香が悲鳴を上げた。

「時にいがまた惚れたらどうすんのよ。新人賞に落ちて失恋までしたら、ダブルパンチじゃん。時にいがどん底のどん底まで落ち込むって」

「海香よ、安心しろ。今回ばかりは気持ちを強く持つ。私は絶対に惚れないと宣言しよう」

海香が、時生の肩をガシッとつかんだ。

「絶対よ、絶対。惚れたら死よ。硫酸プールよ。骨だけになって肉も残らないと思うのよ」

「わかった。私はおまえ達の兄として、立派にお役目を果たして参る」

悲壮な決意で時生が言う。何？　侍？


気合いを入れた時生が、トゥクトゥクに乗る。惚れたら死が待っている。さあ、ラブデスゲームのはじまりだ。えっ、この設定いいじゃん。これ、アニメにできんじゃないの。企画書書いて、ディズニーに持って行こうかな。

今日も晴れて、葉山の海が一望できる。陽気のせいか、子供達が海辺ではしゃいでいる。騒ぎ声が潮風に乗って、ここまで届いてきた。

逗子・葉山駅に到着すると、時生は看板を持った。

「あっ、着物の人」

明るい声が響いて、時生がその方向を向いた。

一人の女性が手を振っていた。

ショートカットで、はつらつとしている。元気が、全身からにじみ出ていた。

うわっ、可愛いじゃん。髪に光の輪ができて、目もキラキラしているから、なんか後光が差してるみたい。まぶしいっ。

案の定、時生がぐらぐらしている。おい、ラブデスゲームだぞ。一撃でやられんなよ。

「海猫の晴渡時生です。桐生芽衣さんですか」

「そだよ。よろしくね、時生」

そう手を差し出し、時生があわててそれに応える。

気さくで明るく可愛い女子大生……うーん、時生に耐えられるとは到底思えないけど。

トゥクトゥクに乗ると、芽衣が大はしゃぎする。後部座席から話しかけてきた。

「ねえねえ、なんで時生はさ、着物着てるの？　武士なの？」

「武士ではなく、文士です。私は作家を志す、文学青年です」

「えっ、凄い。じゃあポケモンみたいに進化したら文豪になるね」

「芽衣さんは本は読まれないのですか」

「読まないなあ」

時生が少し気落ちするけど、これは逆によかったじゃない。これで、惚れる確率が減るもんね。

「時生、お腹空いたな。旅館に行く前に、何か食べてかない？」

そこで時生は、の山に立ち寄った。ちょっと久しぶりだな、ここに来るのは。

店に入ると、「おう、時生」と雄大が軽く手を上げた。なんかヒゲが濃くなって、熊みたいになってるな。

「いらっしゃぃ」と葉月が気だるそうに挨拶する。

今日は天気がいいので、テラス席に座る。大きなパラソルと、木製の丈夫そうなテーブルだ。

芽衣が、興味深そうに尋ねる。

「ここ、時生の知り合いのお店なの？」

時生が真顔で返した。

「そうです。ただあの二人に接触してはいけません。触るな危険の、有害な輩（やから）なのです」

「いい人そうだけど」

「そんなことはありません。あのヒゲ男と粗暴女は、世が世なら山賊として、婦女子をかどわかし、旅人の金品強奪に励んだでしょう。ここは山賊の根城なのです」

「誰が山賊だ」

パカンと銀のお盆で、葉月が時生の頭を叩いた。イテテッと時生がうずくまる。

「だいたい山賊の根城に、女の子連れてくんなよ」

それから芽衣の方を見た。

「お客さん、海猫に泊まる人？」

「はい。今日泊まらせてもらいます。桐生芽衣です」

「こいつには気をつけなよ」

クィッと葉月が、顎で時生を示した。

「どうしてですか？」

「このバカ、べっぴんさん見るとすぐに惚れやがるんだ」

芽衣が目を丸くする。

「時生がですか？　そんな風には見えないけど」

「ただ惚れるだけで手は出さねえから危険はないんだけどね。普通に気持ち悪いじゃん。芽衣、あんた可愛いから気をつけなよ。ホイホイ客に惚れるなんて、接客業の風上にもおけねえ奴だ」

「おい、葉月、流言蜚語（りゅうげんひご）と誹謗中傷（ひぼうちゅうしょう）はよすのだ」

時生が目を剝いて抗議する。

いいぞ、葉月。今回ばかりは時生の生死がかかってるからな。マイナスアピールしてやれ。

芽衣が、興味深そうな目をする。

「葉月さんっていうんですか？」

「そーだよ」

「時生と友達ですか？」

「そうだね。あのヒゲ男の雄大って奴と時生と私は、小学生からの付き合いだね。まあ腐れ縁ってやつ」

「……そっか、いいな」

なぜかうらやましそうに、芽衣が表情を曇らせた。

「葉月さん、もし彼氏が浮気したらどうしますか？」

急な質問に葉月は一瞬驚いたが、すぐににやっとした。

「玉袋を切り落として、金玉をコップにぶち込む。それを冷蔵庫に入れる。それで彼氏にこう吐き捨てる。『金玉冷やして反省しな』って」

芽衣がふきだし、「やめろ」と時生が震え上がる。僕も背筋がぞくぞくしたよ。

「反省したらどうするんですか」

問いを重ねる芽衣に、葉月が勢いづく。

「そしたら金玉をちょっとレンチンして常温に戻して、玉袋に丁寧に入れて、私が縫ってやるよ。こう見えて家庭科の成績はよかったからよ」

旧文部省はそんな目的で、家庭科を創設したんじゃない。

「葉月さんって男性に優しいんですね」

「まあね」

どこが？

時生と芽衣がの山バーガーとコーヒーを頼んで、葉月が立ち去る。

「葉月さんって面白い人なんだね」

時生がブンブンと首を振る。

「芽衣さん、だまされてはなりませぬ。あいつは山賊の頭目で、髑髏(どくろ)を杯にして酒をあおる女なのです」

「なんか私の友達に似てるんだ」

「お友達は山賊なのですか？」

「ちゃんと聞いてないけど、山を根城にしてなかったから、たぶん違うと思うよ」

何、この会話？　この芽衣って子もだいぶ変わってんな。

「その友達にもさっき、葉月さんと同じ質問をしたことがあるの。そのとき彼女ね、『ペニスを切り落として割り箸ぶっさして、チョコでコーティングする。それでチョコバナナとして屋台に並べたる』って言ったの」

「……その友達は葉月の姉か妹なのでは？」

たしかに似てるな。そんな凶暴な姉妹がいたら、絶対に近寄りたくないけど。

「お待たせ」

雄大がハンバーガーを持ってくる。肉厚のあるパティととろけるチーズ。もうこれは絶対うまいって、見たらわかるやつ。

豪快に芽衣がかぶりつき、「ギャアア、うまい」と叫んだ。

「食べっぷりがいいね」

雄大がにんまりと笑う。ほんとだ。もう山賊にしか見えない。

「時生、明日珊瑚や海香と来いよ。予約してるからな」

「なぜだ？」

「明日新人賞一次審査の発表だろ。残念会やらねえとな」

「……勝手に残念会にするな」

時生が憮然とすると、雄大がエプロンのポケットに手を入れた。

「いい檸檬入ったから、これでレモネード作ってやるよ」

そのごつい手に、黄色い檸檬を持っている。パラソルと葉山の爽快な海が、その鮮やかな黄色に映えている。

「爆弾だ」

突然芽衣が、意味不明なことを言い出し、雄大がきょとんとする。

「えっ、何？　爆弾？」

時生が目を大きくし、ワナワナと唇を震わせる。

「めっ、芽衣さん、梶井基次郎の『檸檬』をご存じなのですか？」

「そりゃ知ってるよ」

「本を読まないのでは？」

芽衣がスマホを出した。

「私、本は読まないけど、スマホで小説は読むんだ。うち狭くて、すぐ本で部屋がいっぱいになっちゃうからね。時生も、梶井基次郎が好きなの？」

時生が興奮気味に言う。

「もっ、もちろん。梶井基次郎は不世出の文学家なのです。あの萩原朔太郎がこう絶賛していました。梶井基次郎は、ドストエフスキーのような大作家か、ポーのような詩人になったに違いないと」

ああっ、スイッチが入った。まずい、まずいぞ。梶井基次郎好きの女性だなんて話は聞いてないぞ。意外な伏兵あらわるだ。

なんで海猫に来る女性は、文学好きが多いんだ？

2

の山を出ると、時生と芽衣は海猫に向かった。

海猫の雰囲気に、芽衣は大喜びしていた。これをＳＮＳで見て、泊まってみたいと思ったんだって。

海香が芽衣を部屋に案内し、キッチンの方に戻ってくると、時生は告白した。

「海香、緊急事態だ。私は芽衣さんに惚れるかもしれない」

「やっぱり」と海香がハアと息をつく。「まあ芽衣さんって、ほんと可愛いもんね。天真爛漫で、アイドルとかにいてもおかしくないもん」

「そのとおりだ……」

「でも時にい、気をしっかり持ちなさいよ。わかってる？　新人賞落選と失恋が重なったら、絶対に心が耐えられないわよ」

「わかってる。わかってる。が……」

「抑えられないのが恋ですよね」

珊瑚が引き継ぎ、時生が苦悩を顔ににじませる。

「そうなのだ。しかも芽衣さんは、梶井基次郎の『檸檬』が好きなのだぞ」

海香が、心持ち首を傾げる。

「『檸檬』って何か聞いたことあるな」

「よく教科書に載ってるからね」

珊瑚がにこりとうなずく。

海香でも知ってるって、教科書って凄えな。国語の教科書がなかったら、小説なんて誰も読まないんじゃないの。

珊瑚が快活に言う。

「『檸檬』のお話はね……」


ベベン、ベンベン。ではでは、梶井基次郎の『檸檬』の話をしようではないか。

「えたいの知れない不吉な塊が私の心を始終圧(おさ)えつけていた」

『檸檬』は、この印象的な一文からはじまるお話。主人公は肺の病気と、背を焼くような借金に苛まれている。背を焼くような借金って怖すぎじゃない？　好きな音楽や詩に触れても、心は一向に晴れない。かつては好きだった丸善に行ってもダメ。丸善って本や文房具の店ね。

京都の町をさまよい歩いていると、ある果物屋の前で足を止める。そこには檸檬があった。主人公は檸檬が好きで、それを一つ買った。

それを持つと、不思議と幸福を感じた。だが久しぶりに丸善に立ち寄ると、再び憂鬱になる。そこで積み上げられた画集の上に、檸檬を置いてみた。

主人公はその檸檬を爆弾に見立てた。粉葉(こっぱ)みじんになる丸善を想像して、とてつもなく愉快になった。

珊瑚が話し終わると、海香がつんのめった。

「えっ、何？　それで終わり？」

「そうだよ。まあ十ページぐらいの短い話だからね」

「爆弾って何？　檸檬形の爆弾ってこと？　テロリストの話？」

「違うよ。想像で爆発させたってだけ。想像テロリストだね」

「意味不明の話じゃん。これがなんでそんなに有名なの？」

舌なめずりするように、時生が口火を切った。

「まずは梶井基次郎の卓越した文章力だ」

「檸檬の描写は秀逸ですよね」

珊瑚がうなずくと、時生がうっとりと語りはじめる。

「『いったい私はあの檸檬が好きだ。レモンエロウの絵具をチューブから搾り出して固めたようなあの単純な色も、それからあの丈の詰まった紡錘形の恰好も……』」

えっ、こいつまさか全部暗記してんの？　キモッ。

「特に見事なのが、檸檬の重さの表現だ。

『その重さこそ常づね尋ねあぐんでいたもので、疑いもなくこの重さはすべての善いものすべての美しいものを重量に換算して来た重さであるとか……』

こんな表現、一体どうすれば生まれるのだ？　基次郎、君は言葉の神だ！」

時生が興奮して絶叫する。

「わかった、わかった。時にい、ちょっと落ちつきなさい」

海香がなだめると、珊瑚が説明する。

「『檸檬』に関しては、実際に読まないとその魅力はわからないね。この卓越した文章に潜む、隠喩に触れるのも魅力だから」

「うわっ、出た。隠喩」

海香がうんざりする。そうそう隠喩とかメタファーとか、文学好きってほんとそれ言うの好きだよなあ。

時生が熱を込める。

「えたいの知れない不吉な塊の対極に位置するのが、檸檬なのだ。檸檬は幸福の象徴で、その魅惑の紡錘形は、すっぽりと主人公の心の穴に収まる。

その檸檬で、憂鬱の象徴である丸善を爆破する。まさに圧縮からの解放！　これはエンタメ作品にも通ずる要素なのだ」

海香が頭をかく。

「そんな説明、実際に書いてないでしょ。書いてなくちゃわからないじゃん」

「梶井基次郎の、『城のある町にて』にはこんな一文がある。

『なにかある。ほんとうになにかがそこにある。と言ってその気持を口に出せば、もう空ぞらしいものになってしまう』

言葉にできない気持ちや感覚を、小説として表現する。それはまさに矛盾だ。だがその矛盾を可能にするのが、梶井基次郎のような文豪なのだ」

「だからわかんないって」

腹立たしげに海香が言うと、珊瑚がにこりとする。

「わからなくていいんだよ。感じればいい。僕達はお客さんの表情や仕草から、何をご希望されているのかを読み取るだろ」

「うん」

「それと同じさ。作者が隠喩や行間に隠した意味をそっとすくい取る。そしてそのすくい取り方は、各々の読者に委ねられる。それが文学の醍醐味さ」

珊瑚は国語の先生もできるな。こいつ本当、何ができないんだよ？

時生が胸を押さえる。

「芽衣さんは、この『檸檬』の魅力を感じ取れる、繊細な心の持ち主なのだ」

「……繊細じゃなくて悪かったわね」

海香が仏頂面になると、やれやれという感じで息を吐いた。

「こうなったらもう、芽衣さんとは一切会わないことね。接客は私が受け持つからさ。もう時にいは、家に戻って海猫には一切近づかない。わかった？」

「……承知した」

一瞬残念そうな顔をしたけど、時生はグッと思いを飲み込んだ。

「ねえねえ、誰かいませんか？」

廊下から芽衣の声が聞こえる。時生が廊下に出ると、あっと顔が硬直した。

そこに芽衣がいたけど、海香と同じ、和装メイド服を着ている。

やばい、やばい。可愛いが爆発している。海香で見慣れている服だけど、芽衣が身にまとうとまた印象が違う。

「どう時生、似合う？　これ着てみたかったんだ」

芽衣がクルッと一回転すると、エプロンがヒラヒラと舞った。

時生の顔がチーズのごとくとろけると、バシバシと海香がその頬を叩いた。

「しっかりしろ。貴様、死にたいのか！」

雪山か？

珊瑚が嬉しそうに言う。

「兄さん、芽衣さんの写真を撮ってあげてください。兄さんは写真がうまいですから」

「うん。時生撮って。海香も一緒に写ろうよ」

そう芽衣がねだり、時生はぐにゃぐにゃになった。

そして撮影会となり、時生は一眼レフで写真を撮った。珊瑚の言うとおり、時生は写真の才能がある。文学ではなく、こっちの道の方がいいんじゃないの？

芽衣が一度部屋に戻り、海香と珊瑚と時生がキッチンに集合する。時生はまっ白な灰のようになって、ドサリと椅子に座った。芽衣の可愛さに燃やされて、燃え殻のようになっている。

海香が険しい顔で言う。

「珊にい、わかってんの？　惚れたらまずいって言ってんのに、時にいにあんなことさせて。兄殺しよ、兄殺し！」

珊瑚は意に介さない。

「芽衣さんが兄さんを好きになるかもしれないじゃないか」

「今までその台詞を百万回聞いた。で、百万回失敗した」

「でも百万一回目で成功するかもしれないだろ」

珊瑚は微笑みを崩さない。ポジティブもここまでくると、ちょっと怖いんですけど……。

ヨロヨロと時生が立ち上がる。

「だっ、大丈夫だ。全力で奥歯を噛みしめ、血涙を流し、腸を固結びにして耐えた。まだ私は惚れてはいない……」

梶井基次郎好きと和装メイド服で完全にやられたと思ってたけど。今日の時生の忍耐力は凄まじい。

「よしっ、ではこのまま時にいを自宅に軟禁しよう」

海香が言うと、「時生、海に行こうよ」と芽衣が入ってきた。そして強引に時生を連れていく。

「……ご愁傷様」

海香が手を合わせた。

時生と芽衣は、森戸海岸に来た。

「ほんと素敵な海だね」

海ではサーフィンをしている人がちらほらいる。色とりどりのサーフボードが、海のアクセントになっていた。砂浜には、逆さになったボートが山積みになっていた。

「あそこ行こ」と芽衣が防波堤の先を指さした。消波ブロックがある場所だ。

先端まで来ると、突然芽衣が黙り込んだ。にぎやかな芽衣が急に静かになったので、時生の顔に動揺が走る。

芽衣は、じっと海を眺めていた。ザアザアという波の音だけが、辺りに響いている。サーファーが波に乗り損ねた姿が、何か別世界の出来事に見えた。

僕はびっくりした。

芽衣が、こんなに神妙な表情をするなんて……おだやかな潮騒がジワッと心に染み込み、それがなぜか、得体の知れない胸騒ぎになる。

「ねえ、時生」

やっと芽衣が口を開いたけど、声に力がない。かげろうのように、触れると消えそうな声だ。

「なんでしょうか？」

そろそろと時生が言うと、芽衣がその声のまま訊いた。

「死んだら人ってどうなるのかな？」

スッと芽衣の表情が沈み込んだ。えっ……？　胸騒ぎが大きくなり、鼓動が耳の側で響きはじめる。

「どうとは？」

「ここから飛んだら、わかるかな」

ふらふらと芽衣が前に進み、海に飛び込もうとする。その急な行動に、僕はあっと声を飲み込んだ。

「芽衣さん！」

それを止めようと、時生が抱きつこうとする。ひょいと芽衣がかわした。

そのままドボンと、時生が海に落ちた。

「何してんの、時生」

芽衣が笑って指さした。時生がぷかぷかと浮かびながらも、ほっと表情をゆるめた。

まあ冷静に考えたら、この堤防は低いもんな。僕も時生も、芽衣にだまされた。

「えい」と声を上げ、芽衣も海に飛び込む。そして濡れた髪と満面の笑みと共に、時生にこう言った。

「一緒に海に飛び込むって、最高だね」

ケラケラと陽気に笑っている。この世のすべての憂鬱や不幸を吹き飛ばすような、太陽のような笑顔……。

あっ、ダメだ。みなさん、ご報告があります。今我らが晴渡時生は、桐生芽衣に惚れました。合掌。


「あったかいね」

時生と芽衣はキャンプ用の椅子に座り、両手をかざしていた。その前にはたき火がある。たき火台の上で、燃えた薪がパチパチと音を立てている。

海猫に戻って風呂に入ろうとしたんだけど、「それはつまんないから、たき火で暖まろうよ」と芽衣が言い出したんだ。それで時生が、たき火の用意をした。海猫には、たいがいのものがそろっているからね。

　火にあたり、芽衣の頬が暖色に染まる。その横顔に時生が見入っている。ああ、もう完全に惚れちゃってんじゃん……すっごい簡単に、ラブデスゲームはじまったな。

　芽衣が手をこすった。

「たき火っていいね……」

　また表情が沈んでいる。時生が慎重に訊いた。

「芽衣さん、何か悩み事でもあるのですか？」

「悩みなのかな？」

　自分の心に問いかけるように、芽衣が言った。

「私でよければ話を聞きます」

「ありがとう。時生は優しいんだね」

　にこりと微笑む芽衣に、時生がどぎまぎする。

「じゃあお言葉に甘えようかな。ほらっ、私友達いるっていったでしょ」

「ああ、葉月に似ている」

　浮気したら彼氏のあれをチョコバナナにして売るって言ってた、ヤバい奴だ……。

「うん。友達の名前は、丸富(まるとみ)クーニャンって言うんだ」

「クーニャン？」

「もちろん本名じゃないよ。クーニャンは漫画家志望でさ、ペンネームなんだ。小学生の頃からその名前つけてたからね。だから私もみんなも、クーニャンって呼んでたの」

「私と、雄大や葉月との関係みたいな感じですね」

「そだね。ほんとクーニャンは腐れ縁って感じ。ちょっとクーニャンのことを話してもいいかな？」

「ぜひ」

「クーニャンはね、昔っからちょっと変わった子だった。アヒルの卵事件っていうのがあってね。小学生の頃、近くの公園で泳いでいるアヒルの卵を、男の子が拾って学校に持ってきたの。僕が孵化させて親になるんだって。ビニール袋に入れて、自分のお腹であたためてた」

　全力のアホだな……。

「でもね、力を入れすぎたのか、卵が割れちゃったの。白身と黄身がぐちゃぐちゃになって、ワーッと男の子が泣いて大騒ぎになったの。そしたらクーニャンが、そのビニール袋を取り上げて、家庭科準備室で料理して卵焼きにしちゃった。で、泣いてる男の子に無理矢理食べさせようとして大問題になった。それがアヒルの卵事件」

何その変な話？　クーニャン、ヤバすぎだろ。

「クーニャンからすると、命を粗末にした男の子が許せなかったんだと思う。クーニャンって何も言わないから、他人からすると理解できない行動ばっかりするんだけど、本人からすると筋が通ってるんだ」

なるほど。だから卵焼きにして食べろってことか。

「私はそんなクーニャンが好きだった。だからずっと中学も高校も大学に行ってからも友達でいた。二人とも大学進学を機に上京したから、一緒にルームシェアもしてたんだ」

「仲良しですね」

「うん。まあたまには喧嘩もしたけど、楽しくて仕方なかったな」

火かき棒で、芽衣が炭をつつく。

「でもね、ある日とんでもない事件が起こったの……」

「なんでしょうか？」

ゴクッと、時生が唾を飲み込んだ。

「あのね、私がクーニャンのプリンを食べたら、クーニャンがすっごく怒ったの」

それがとんでもない事件なの？

「もうね、大激怒。クーニャンって時々わけのわからないことでブチ切れたりするけど、あれほど怒ったのは見たことがなかった。私、びっくりした」

「たかがプリンでですか？」

「うん。さすがに私も腹が立って、『クーニャンだって、私のアイス食べたことあるじゃん』って言い返したら、『ほな、こっちが悪いんかい』ってバッと家を飛び出したの。それでしばらくしたら、坊主になって帰ってきた」

時生が啞然とする。

「坊主って……頭の毛を刈ったのですか？」

「うん。クーニャンって右半分がピンクで、左半分は青い髪をしてたんだけど、急に丸坊主になった。それでこう言ったの。『反省したぞ。芽衣、これで満足か？』って」

うわっ、さすがにそれはやりすぎでしょ、クーニャン。

「それで私もキレちゃって、『そこまでしなくてもいいじゃない』って怒鳴ったの。私への仕返しのために、そんな見せつけるようなこと、ひどすぎでしょって。それで大喧嘩になって、クーニャン、家を飛び出したの」

「それでどうなったのですか？」

「それっきり。クーニャン、連絡取れなくなって音信不通になったの。クーニャンのお母さんに居場所を聞いても、教えてくれなくて。クーニャンが、私には言うなってお母さんに頼んでたから。

　私もそれで意地になって、そのままほったらかしにしたの。クーニャンのことだから、またケロッとした顔で戻ってくるだろうって。でもね、戻ってこなかった……」

　ふうと芽衣が濁った息を吐く。

「クーニャン、その半年後に亡くなったの」

「えっ……」

　時生が絶句する。そりゃそうだ。僕も予想外の展開に、言葉を失った。

「亡くなったって、事故か何かですか？」

　浮かない顔で、芽衣が首を振る。

「ううん。病死。クーニャン、膵臓(すいぞう)ガンになったんだって。膵臓ガンって発見されにくいガンで、見つかったときにはもう手遅れだったの。若い年齢でかかるガンは進行が速いんだって。そういえば一緒に住んでたとき、背中が痛いって言ってて、たぶんそれがガンの症状だったんだと思う……」

　そこで時生がハッとした。

「もしかして坊主にしたのは……？」

　コクンと芽衣がうなずく。

「そう。いずれ髪の毛が抜けちゃうから。だったらもう坊主にして、それをきっかけにわざと私と喧嘩別れしたんだと思う」

そうか。クーニャンの突飛な行動には、ちゃんと理由があったんだ。アヒルの卵事件みたいに。

「クーニャン、私と別れたあと、実家に戻って、最後はホスピスに入ったんだ」

「痛みを和らげてくれる、緩和ケアの施設ですね」

「うん。お母さんには絶対、私にその場所を教えるなと言ってね」

「クーニャンは、自分が死にゆく姿を芽衣さんに見せたくなかったんですね……」

少し間を置いて、芽衣が悲しげに表情を揺らす。

「たぶん。あと、弱っていくクーニャンの姿を見るのが、私には耐えられないと考えたんだと思う。クーニャン、私以上に私のことがわかってたから。

そして、それはその通りなんだ。私、正直クーニャンが教えてくれなくてよかったと思ってる。そう、ほっとした……ひどいとは思うけどね」

どうだろう。僕もそうかもしれない。親友が死にゆく姿なんて、とても正視できない。

「そうですか……」

時生が声を落とすと同時に、パチッとたき火の薪が鳴った。

3

「そっか……芽衣さん、お友達を亡くしたのか」

海香が心底辛そうに、顔をゆがめた。

「まだ若いのに、お気の毒ですね」

線香の煙のような細い息を、珊瑚が口端から漏らした。

芽衣とクーニャンの話を、時生は二人に伝えたのだ。

「時にい、芽衣さんにもう惚れたでしょ」

「もちろんだ」

あれだけ大丈夫だ、惚れないって断言してたのに、自信満々に言うなよ。

「じゃあさ、時間を遡って、クーニャンにガンだって教えてあげなよ。手遅れになる前にさ」

「ダメだよ」珊瑚が否定する。「コイモドリは人の死の運命は変えられない」

海香がハッとした。

「そっか……時の矯正力か……」

そう。死は、時の矯正力がもっとも強い事象。ガンと告げて病気は回避しても、別の形での死が待ち受けている。そしてそれは、ガンよりも凄絶な死かもしれない。

珊瑚が時生の方を見た。

「兄さん、残念ですが今回はコイモドリで、芽衣さんの悩みを解決できそうにありませんね」

躊躇する感じで、時生が言う。

「……クーニャンの死は防げない。でも時を戻って、芽衣さんにクーニャンの病気を伝える。それはどうだろうか？」

「でもそれは、芽衣さんに辛い想いを無理強いすることになります。それにクーニャンの、芽衣さんに知られずに逝きたいという想いを踏みにじることにもなる。僕は反対です」

珊瑚が、ここまで明言するのは珍しい。「そうだな……」と時生がその意見を受け入れた。

時生は、風呂に入って服を着替えた。とりあえずコイモドリで時間を遡り、恋のサブリミナル効果を使うことにした。

時生が応接スペースに行くと、人の気配がした。中を覗くと、芽衣が本を読んでいた。芽衣も湯上がりなのか、体からほのかに湯気が出ている。髪も肌もつやっとしていた。

本は、梶井基次郎の『檸檬』だ。ペラッ、ペラッと、ページをめくる静かな音と、古時計の時を刻む音が溶け合う。ここは、本を読むには最適な場所だ。

そこで芽衣が、こちらに気づいた。

「あっ、時生」

目と心を奪われていた時生が、そこで我に返る。

「れっ、『檸檬』ですか」

「うん。さっき話してて本棚を見たらあったからさ。やっぱりいいね。紙の本は」

時生が、しっかりとうなずいた。

「はい。格別です。私の夢は作家デビューして、紙の小説を出すことなのです」

「そうなんだ。ネットにアップしたりとか電子出版とかって聞くけど、それじゃダメなの？」

「否定はしませんが、やはり紙の本は特別です。ページに触れる感触で、作家の魂を感じることができるのです」

「魂かあ」

「あと戦前の日本では、小説家、詩人、歌人など、そんな職業で身を立てることなど誰も考えませんでした。それはまともな仕事ではないのです」

芽衣が目を丸くする。

「そうなんだ」

「だから文学を志した者は、親に勘当されたり家を追い出されたりして、家出同然に故郷を離れるのです。そんな家族や故郷の人々を見返すにはどうすればいいか？　それが、本を出版することです。今以上に、明治、大正の時代に本を出版するのは、選ばれた人間にしかできないことでした」

「故郷に錦を飾るってやつかあ。たしかに紙じゃないと、なんか様にならないね」

「はい」

芽衣が大事そうに、本を持ち上げた。

「梶井基次郎はね、クーニャンが好きな作家だったの」

「クーニャンが？」

「うん。梶井基次郎はあーしや。あーしは現代の梶井基次郎やって。あっ、クーニャン、自分のことあーしって呼ぶんだ」

一人称が、あーしの女……。

「梶井基次郎は、結核で若くして亡くなりました。現代では結核は抗生物質で治りますが、当時は確実に死が訪れる病でした。現代で喩えるならば、末期ガンですね……」

「そっか、梶井基次郎はそこもクーニャンと似てるんだね。なんか皮肉だね」

あっと、芽衣が閃くように目を輝かせた。

「そうだ。時生、クーニャンの漫画読む？」

スマホを操作して、それを渡した。

「拝読させてもらいます」

時生が、丁重に読みはじめた。もちろん僕もね。

漫画の内容はこうだ。

余命一年と宣告された宇宙人が、死に場所を求めて地球に降り立つ。なぜか宇宙人が出会う人々は、自殺志願者ばかり。宇宙人に自殺の概念はない。まさにそれは、目からうろこの発想だった。

だったら自分も自殺をしよう。宇宙人はそう閃いた。

宇宙人は、彼らが自殺する姿を見学させてもらう。自殺の仕方を学ぶために。ところが彼らは、みんな寸前になって自殺を止める。その理由は、宇宙人にはわからない。

最後に、宇宙人はある森に入った。深くて広い、自殺の名所だ。大きな木で首を吊ろうとしたのだ。

枝にロープをかけて、さあ死のうとした瞬間、宇宙人は、木にナイフで字が刻まれていることに気づく。そこにはこう書かれていた。

『死ぬにはあまりに空が温かく日光があまりに又眩しかつた』

次のページで、宇宙人は死んで土の上に横たわっている。そこに別の宇宙人二人組が登場する。彼らは死体の回収係だった。

死体を見て、その一人がこうつぶやく。

「なんでこいつ、笑ってんだ」

「素晴らしい漫画です」

読み終えた時生が、感動の声をこぼした。

キャラも地味だし、絵もストーリー展開もひたすら暗い。アニメ化は到底無理そうだ。最後も自殺したのか、病気で死んだのかもわからない。人に解釈を委ねるタイプの漫画は僕は好みじゃない。

でも、何か、銀色の淡い糸を引くような、不思議な余韻のある作品だった。

芽衣が弾んだ声を上げる。

「ほんと、私もこれ好きなんだ」

「この漫画は死について、深く考察されています。生と死の境界線を、鮮やかな筆致で浮かび上がらせているのです。最後の、『死ぬにはあまりに空が温かく日光があまりに又眩しかった』というのは北原白秋の言葉です」

「聞いたことある。有名な人だよね」

「北原白秋が自殺しようとしたが、死ねなかったときの心境が綴られているのです」

「そうなんだ。時生、やっぱり詳しいね」

「この作品は、梶井基次郎に通ずるものがあります。彼は結核でした。死病にかかっていました。だから彼の作品からは、痛切な死のにおいがした。死を見つめ、死に触れ、死に抗い、そして生をあきらめなかった。それが梶井基次郎なのです」

「まさにそれって、クーニャンだよね」

芽衣が、複雑そうな表情で言う。

「芽衣さん、これは本にはなってないのですか？」

「ならないよ。クーニャン、時生みたいに新人賞とかそういうのに応募してなかったし。『あーしの作品が欲しかったら、編集者が連絡してこい』って言ってた。ネットにはアップしてたけど、特に宣伝もしてなかったし、アクセス数もぜんぜんだったたな」

ハッと閃くように、時生が顔を輝かせた。

「ならばこれを本にしませんか？」

芽衣が首を傾げる。

「どうして？」

「『雨は蕭々と降つてゐる』」

唐突な時生の言葉に、芽衣が気づく。

「それ聞いたことある。教科書に載っていた詩だ」

僕も思い出した。時生の大好きな詩で、おじさんポエマーと呼ばれる所以だ。

「はい。この詩の作者である三好達治は、梶井基次郎の友人でした」

えっ、そうなの。そんな繋がりがあったんだ。詩人の世界ってたしかに狭そうだもんね。

「三好達治は、梶井基次郎の寿命があとわずかであることを知りました。そこでこの『檸檬』を出版しようと考え、奔走したのです。出版社にかけ合い、なんとか本は完成しました。梶井はこと切れる寸前で、生まれてはじめて、自著を手に取ることができました。その作品集を眺めてから、あの世に旅立つことができたのです。さきほどもお話ししたように、作家にとって本とは、本当に、本当に大切なものです。三好達治はその作家の気持ちを、痛切に理解していました。

人生で一冊は、自著を出したい。死ぬ前にそれを手に取り、ページをめくり、文字を目で追いたい。それが作家の宿願なのです。今も昔も、作家のその想いは変わりません。死ぬ間際に本を手にした梶井基次郎のことを思うと、私は涙が止まりません」

グズッと時生が鼻を赤くする。おい、今泣くなよ。

芽衣が『檸檬』を見つめる。

「そっか、三好達治がうらやましいな。私もクーニャンが生きているうちに、クーニャンの漫画を本にして渡してあげたかったな……」

時生が芽衣を凝視した。

「それは本心ですか？　その夢を叶えるには、クーニャンの死ぬ様を見つめなければならないのですよ。芽衣さん、あなたに耐えられますか？」

一瞬目が泳いだけど、芽衣がギュッと拳を固めた。そして青い炎のような澄んだ瞳で、まっすぐ時生を見つめ返した。

「できると思う。だって作家にとってどれほど本が大事かってことを、時生が教えてくれたから。クーニャンのためだったら、私耐えられる」

「わかりました」

時生がふっと微笑んだ。

「でも今そんな覚悟ができても、もう遅いよね。クーニャン死んじゃったんだから……」

そう落ち込む芽衣に、時生が断言した。

「もう遅い、という言葉は私にはありません」

4

「なるほど。漫画本の出版ですか」

時生は芽衣と別れると、一度家に戻って、珊瑚と海香にさっきの話を伝えた。

海香がパチンと指を鳴らす。

「いいんじゃない。それは最高のアイデアだと思う」

珊瑚が忠告するように言う。

「ですが兄さん、クーニャンの気持ちをきちんと確かめてからにしてください。芽衣さんにガンを告げずに逝きたいのかどうかを」

「もちろんだ。だが私はクーニャンの本心は、芽衣さんに見守られてあの世に旅立つことだったと思う」

「どうしてですか？」

「もし私が不治の病に冒されたら、珊瑚と海香に見守って欲しい。そう思うからだ」

そこで珊瑚がハッとする。そして静かな笑みを浮かべた。

「……やはり僕は、兄さんには敵いませんね」

話し終えると、時生は再び海猫に戻り、受付でピンク色のハガキを手にした。そこに『桐生芽衣』と丁寧な字で書いた。

応接スペースに戻ってポストにハガキを投函する。いざ行かん。時間の旅に。

で、気づけばポストの前にいた。ダダッと目の前を、誰かが駆けていく。変な柄のシャツを着て、裾の広いダボッとしたズボンを穿いていた。

でも、一瞬性別がわからなかった。線が細いから体型は女性なんだけど、頭が坊主だった。綺麗に光り輝いている。うん？　坊主頭の女性って……。

「クーニャン！」

時生と僕は、同時に叫んでいた。

今はちょうど、クーニャンと芽衣が喧嘩別れした直後だ。

クーニャンが足を止めた。少しつり目で、猫みたいな顔をしている。

「あーしの名前、なんで知ってんねん」

「何を言う。私はクーニャンと芽衣の竹馬の友である、晴渡時生ではないか」

「えっ？　あーしの友達？」

「そうだ。ほらっ、アヒルの卵事件。あのとき、卵においしく味つけしたのが私だぞ。覚えてないのか」

クーニャンの顔がパッと輝く。

「おー、時生やんけ。なんやおまえ、どないしたんや」

コイモドリが発動した。

「近くに来たものだから、二人を訪ねに来たのだ」

「時生、じゃあ酒おごれ」

クーニャンが時生の肩をグイッと摑むと、強引に引っぱって行く。たしかにこういうところは、葉月に似ているな。

コンビニで酒を買って公園で飲むことにした。ベンチに座って、クーニャンが豪快にビールを飲む。

「落ちついたぁ」

時生も同じく、ビールに口をつけた。

「ところで芽衣はどうしたのだ」

「絶交や。あいつとはもう二度と会わん」

クーニャンが即答する。何か心を固めたような口ぶりだ。

「なぜ坊主頭なのだ。君はロングヘアーだった」

「ハゲたオッサンや。あーしの髪でカツラ作って、華麗に社交界デビューするんやって」

「誰にだ？」

「髪は売ったんや」

どんな嘘なんだよ。芽衣が話していた通りの奴だな。

「隠さなくてもいい。クーニャン」

「なんやねん。隠すって」

「君はガンになったんだな」

そこでクーニャンが、缶ビールを口から離した。はじめてその瞳に、鮮烈な驚きの色が浮かんでいる。

「時生、なんでおまえ知ってんねん」

「それはどうでもいい。いつガンだとわかったのだ」

「……二週間前や。背中の痛みがぜんぜんとれんくて、病院行ったら膵臓ガンやってよ」

どこか他人事のように、クーニャンが言う。

「もう末期で助からんってよ。あーしはまだ若いから、ガンも元気で暴れ回るんやって。あと余命半年やとよ。笑わしよるわ」

ハハハと、クーニャンが豪快に笑い飛ばした。

「まあなんか昔からあーしは、はよ死ぬと思うとったけどな」

「どうしてだ？」

「あーしは天才やからな。天才いうのははよ死ぬもんや」

「梶井基次郎もそうだ」

「おっ、なんや、時生もカジモト好きなんか」

「……梶井基次郎を変な略し方するのはやめるのだ」

「同じカジモト好きとして、チータラをやろう」

クーニャンがチーズ鱈を渡すと、時生がパクリと食べた。

「いただこう。私がお金を出しているが」

「ええやろ。あーしは『背を焼くような借金』で、絶賛ひいひい言うとるんや。あーしは現代のカジモトや」

「梶井基次郎は酔っぱらってラーメン屋の屋台を壊し、料理屋の掛け軸に唾をかけ、池の鯉を追っかけ回して出入り禁止を食らっている」

「あーしも出禁の店だらけや。出禁Tシャツ着なあかん」

たしかにクーニャンの型破りな感じは、昔の文豪っぽいな。

時生が本題に入った。

「なぜ芽衣にガンのことを言わないのだ。そんな坊主になって、わざと喧嘩別れなんかして」

クーニャンはちびりとビールを飲んだ。虚空を見つめるように言う。

「時生、おまえも芽衣の性格わかってるやろ。あんな怖がりの泣き虫に、友達が弱って死んでいく姿なんか見せたらどうなるか。心に深い傷つけてまうぞ。絶対一生残る。喧嘩別れして、あーしが死んだという知らせだけがくる。『さよならだけが人生だ』ｂｙ井伏鱒二」

「くだらないな」

一刀両断する時生に、クーニャンが目を吊り上げる。

「なんやと」

「クーニャン、君は本当に現代の梶井基次郎なのか？　ヘタレ女子十二楽坊ではないのか」

ヘタレとは、弱虫とか情けないとかいう意味ね。

「誰がヘタレじゃ。誰が、器用に二胡を奏でとんねん。ほんで他の十一人は誰やねん。ＬＩＮＥグループ作ったろか」

女子十二楽坊って、中国の古楽器で演奏するグループね。二胡って中国の楽器ね。説明多いって！

時生が無視して、淡々と続ける。

「クーニャン、梶井基次郎の友人が三好達治だとは知っているか？」

「知っとるわ」

「梶井基次郎は結核だった。不治の病に冒されていた」

「あーしとおんなじや」

「そうだ。梶井基次郎は三好達治が訪ねて来た際、『ワインを見せてやるよ』と言った。そして喀血した血をコップに注ぎ、三好達治にむんずとつき出した」

「傑作やな」

ケラケラとクーニャンが笑う。そうだと時生がうなずく。

「死を笑い飛ばす剛気さが、梶井基次郎にはあった。なのにクーニャン、君はどうだ。現代の梶井基次郎だと言いながら、ガンのことを親友の芽衣に話せない。だから私は、君をヘタレ十二楽坊だと喝破したのだ」

クーニャンが、口をもごもごさせる。

「……それは話がちゃうやろ」

「いや、同じだ。もう一つ別の見方をすれば、梶井は三好を信頼していた。そんな大胆なことをしても、三好ならば受け止めてくれると思っていた。梶井にとっての三好は、クーニャンにとっての芽衣だ。クーニャン、君は芽衣を信頼していないのか？　本当の親友だとは思っていないのか？」

そうか、時生が死ぬならば、珊瑚と海香に見守って欲しいと言ったのは、あの二人に信頼を寄せているからなんだ。

クーニャンが強く否定する。

「そんなことあらへん。あーしみたいな人間でも、芽衣はずっと付き合ってくれた。あーしは芽衣を、心の底から親友やと思うとる」

「ならば自分がガンだと芽衣に告げるべきだ。弱って痩せ細り、骨と皮だけになり、死んでゆく様を芽衣に見せろ。クーニャン、君は現代のカジモトだ。天才漫画家だ。だったらその死をも表現しろ。そして芽衣は、君が思う以上に強い女性だ」

強烈な時生の言葉に、クーニャンがガリガリと坊主頭をかきむしった。

「わかったわ。時生、行くぞ」

ふっきれたように、クーニャンが立ち上がった。

そのまま時生と一緒に家に戻る。２ＬＤＫのマンションだ。

そこに芽衣がいた。クーニャンと喧嘩した直後なので、まだ興奮している様子だったけど、時生の姿を見て、虚をつかれたような顔をする。

「誰？」

クーニャンが不思議そうに言う。

「誰って時生やないか」

「そう、私は晴渡時生、芽衣とクーニャンの竹馬の友なのだ」

コイモドリ効果が働き、「なんだ、時生か、変な人かと思った」と芽衣が胸をなでおろした。

クーニャンが胸を張った。

「芽衣、話がある」

「何よ？」

「あーしはガンや」

突然で直球すぎる告白に、芽衣がぽかんとする。

「……何言ってんの？」

「これはマジや。あーしは末期ガンで、もう半年も生きられへん」

「もういいって」

芽衣は相手にしない。まあこれまでのクーニャンの言動からして、そうとしか捉えられないんだろう。

「ほな、オカンに聞け」

クーニャンがスマホで電話をかけると、強引にそれを芽衣に押しつけた。

芽衣がスマホを耳に当てると、みるみるうちに顔が青ざめていった。受話口から、女性がすすり泣く声が聞こえてくる。クーニャンの母親が泣いているんだ。

芽衣が顔面蒼白になった。唇が乾いて、細かく震えている。じわっと目に涙がにじんだ。

「ごっ、ごめんなさい。クーニャン、私、ほんとだと思わなくて……」

するとクーニャンが、芽衣のほっぺたをつまみ、グイッと横に引っぱった。

「泣くな、謝んな。あーしは同情されんのが一番嫌いや。もしあーしを可哀想と思ったら、どつきまわすからな」

「ふぁかった」と芽衣がその状態で答え、そこでクーニャンが指を離した。

クーニャンが真顔で言った。

「芽衣、あーしは芽衣を親友やと思うとる」

芽衣が声に力を込めて答える。

「私もクーニャンは親友だと思ってるよ」

「あーしはこれから死ぬ。ほんであーしは、親友のおまえにそれを見届けて欲しい」

ビクッと芽衣の肩が震えた。

「わかってる。それはあーし以上に辛いことかもしれへん。もし無理やと思うんやったら、今日を今生の別れにしよう。次にあーしと芽衣が会うのは、あーしの葬式や」

「そんなの嫌だよ」

きっぱりと芽衣が言いきった。

「わかった。じゃあああーしの死に様を見届けてくれ。これは親友としての最後の頼みや」

クーニャンが手を差し出し、芽衣が力強く握り返した。

そこで時生が、口を開いた。

「ではクーニャンと芽衣、二人に提案がある」

クーニャンが首を傾げた。

「なんや？」

「クーニャンは梶井基次郎で、芽衣は三好達治だ」

時生が力強く言った。

「クーニャンの漫画を出版しようではないか」

5

時生と芽衣は、二人同時に顔を上げた。

そこには巨大なビルがそびえ立っている。その手前にはこれまた大きなガラスのケースがあり、そこにたくさんの雑誌や本が陳列されている。

おおっ、あれもこれも大人気アニメになってるじゃないか。テンション爆上がりだ。

今二人は出版社のビルの前にいた。大手の出版社で、漫画では日本一の売上げを誇っていた。

芽衣は、ギュッと手に持った大きな封筒を抱いた。

それは、クーニャンの漫画だ。あの死に場所を求める宇宙人のやつだ。

時生はクーニャンと芽衣に、梶井基次郎の『檸檬』のエピソードを語った。三好が奔走し、梶井が死ぬ間際に『檸檬』を渡せたという話だ。

「あーしの漫画が紙の本になったら最高や」

クーニャンは大喜びした。時生の言うように、作家にとって紙の本とは、本当に特別なものみたいだ。僕にはよくわかんないけど。

「絶対に本にしよう。私は三好達治になるよ」と芽衣も張り切った。

そこでこの出版社に連絡を取って、漫画原稿の持ち込みをすることにした。今日は編集者に、原稿を見てもらえる日なんだ。

ただ実際に行くのは、芽衣と時生だけにした。クーニャンも行くと、確実に編集者と喧嘩になる。芽衣が止めたのだ。うん。絶対になるね……僕でもそう思う。

芽衣が気合いを入れて言う。

「さあ、行くよ。時生」

時生は顔面蒼白で、膝頭がガクガクと揺れている。

「大手出版社、編集者……動悸、息切れ、目まいが……」

「大丈夫だよ。この出版社、純文学はやってないからさ」

芽衣が元気づけた。もうクーニャンも芽衣も、時生が作家志望だと知っている。

時間をかけて、時生がようやく落ちついた。二人で中に入り、受付で用件を告げると、エレベーターに乗ろうとする。

「うわっ、中に本屋さんがあるよ」

芽衣が驚きの声を上げる。書店があるんだけど、全部ここの出版社の本だ。さすが大手出版社。中小の出版社ではこんな芸当できないよ。

それを見て、芽衣が不安をこぼす。

「……こんな有名な出版社で、クーニャンの漫画を出版してくれるのかな？」

「大丈夫。クーニャンの漫画の面白さは私が保証する」

時生が勇気づけると、芽衣が声を強めた。

「そうだね。私は三好達治だからね。絶対に出版してもらうよ」

エレベーターに乗り、五階で降りる。近くの人に用件を告げると、パーティションで囲まれた一角に案内される。テーブルと椅子が置かれていた。

三十分ほど待たされると、「ごめん。ごめん。打ち合わせが長引いてね」と男の人があらわれた。

茶髪で、微妙に色が入ったメガネをしていた。あれっ、なんかチャラそうだぞ。野口という編集者だ。

野口が偉そうに言う。

「じゃあ原稿を見せて」

「これです」と芽衣が封筒から原稿を取り出した。

「えっ、こんなにあんの？　二百ページぐらいあるじゃない」

「でも漫画一冊ってそれぐらいじゃ？」

「そうだけど。何？　もしかして持ち込みって、これをまるまる一冊単行本で出したいってこと？」

「そうですけど」

野口があきれ果てた。

「ほんと何も知らないんだね……まあいいや、とりあえず読むよ」

野口がペラペラと原稿をめくる。あまりに読むのが速いので、本当に読んでいるのかどうか疑問だ。

野口が二十枚ほど読んだところで、手を止めた。

「これはうちじゃ掲載は無理だね」

芽衣がむっとする。

「どうしてですか？」

「絵もストーリーも暗い。宇宙人が死に場所を求める漫画なんて、誰が読みたいの？　爽快感もないし、ハラハラドキドキの手に汗握る展開もない。バトルシーンも、お色気シーンもない。売れる要素が一つもない」

時生が反論する。

「ですがこの漫画には、生々しいまでの死の手触りがあります。それは文学にのみ許された領域であり、それを漫画で表現したこの作者の才能は稀有なものです」

野口がハッと鼻で笑う。

「文学？　あのね君、今は文学はおろか、小説でさえ誰も読まないんだよ。もう死んだジャンルなの」

「ですがここでは小説も出版しておられるはずですが」

「あんなもん、廃止でいいんだよ。俺達漫画の編集者が食わせてやってるようなもんなんだからよ」

野口が露骨に舌打ちする。

おいおい、むかつく野郎だな。これ、クーニャンがいなくてよかったな。クーニャンがいたら、今すぐドロップキックをかましてるぞ。

激昂を必死に押し殺す感じで、芽衣が訊いた。

「じゃあこの漫画、どうしたら本になりますか」

「このままじゃ絶対にダメ。まず人気のジャンルにする。能力者バトルとか学園ものとか、今だったら殺し屋ものとか、異世界転生ものかな。そうだ。異世界転生にしよう。宇宙人が異世界転生して貴族の令嬢になる。これだ」

芽衣が血相を変えて、声を震わせる。

「そんなのクーニャンの漫画じゃありません」

　そこで野口が目を吊り上げた。

「だいたいさ、いきなり持ち込みの原稿を単行本で出せっていうのが、非常識で図々しいんだよ。まずはうちが主催している漫画の新人賞を取る。それで読み切りを何度か書いて、連載を勝ち取る。それで人気が出たら単行本だよ。君らは漫画をなめてるよ」

　こてんぱんに怒られて、時生と芽衣はその場をあとにした。

　一階に降りると、

「むかつく、むかつく、むかつく」

　芽衣が地団駄を踏んでいる。でも怒り方がなんか可愛い。

「さすがにあの態度は私も、堪忍袋の緒が切れた」

　時生が立腹すると、芽衣が顔を近づけた。

「どうする？　なんか仕返ししちゃう？」

　芽衣の急接近に、時生がデレデレになる。おい、今おまえ、怒ってたんじゃないのかよ。

「我々はチーム梶井基次郎だ。我々のやり方でいこう」

　時生は近くのスーパーに行くと、綺麗な檸檬を一つ購入した。

「なるほどね」と芽衣がパチンと指を鳴らした。僕も、時生が何をしたいのかわかった。

再び出版社に戻り、野口のもとに赴く。「何？　こっちも忙しいんだけど」と野口が迷惑そうに言う。

芽衣が軽く微笑んだ。

「すみません。さっき手土産をお渡しするのを忘れてて」

「そういう常識はあんのかよ」

「はい。どうぞ」

芽衣が檸檬を一つ渡すと、野口の目が点になった。

「……何これ」

「檸檬です。ハチミツ漬けにすると元気が出ますよ」

野口が檸檬を手にして、シッシと追い払う。

「受けとってやったから、サッサと帰って。もう二度と来んなよ」

時生と芽衣は野口と別れると、廊下に出た。

ゴホンと咳払いをし、芽衣が野太い声を出す。

「時生いいか、ここは丸善だ」

時生が直立不動になる。

「はっ、丸善であります」

「今から我々を侮辱した野口を含めたこの出版社を爆破する。耳をふさげ」

時生が手のひらで耳をふさぐと、芽衣がカウントダウンをはじめる。

「3、2、1、爆破！」

芽衣が手榴弾を投げる仕草をすると、二人はその場に伏せた。

ドカンという強烈な破裂音がし、もうもうと煙が上がり、ツンという硝煙のにおいがした。

パラパラと天井と壁の破片が落ちる音がする。粉塵で目がかすれ、熱気で気道がヒリヒリとした。


そんな気がしただけ……。


「野口が木っ端みじんだ」

芽衣がふきだし、時生も腹を抱えて笑う。僕も痛快でならない。

おっ、なんだよ。いい雰囲気じゃないか。恋のサブリミナル効果、使えてるぞ。

時生と芽衣は、そのまま一階に降りた。芽衣が晴れやかな顔をする。

「すっきりしたね」

ただ時生は、もう表情が冴えない。むっと腕組みをする。

「ただ漫画の出版の方はどうすべきだろうか。道が途絶えてしまった」

芽衣がしゅんとする。

「出版ってこんなにハードルが高いんだね。本屋さんにあんなにいっぱい漫画本があるから、もっと楽勝かと思ってた」

うーん、そうだよなあ。僕もそう思ってた。でも時生も自分の小説を出版するために、ずっと頑張ってるんだから、そうそう簡単なもんじゃないよな。

「私調べたんだけどさ、自費出版ってあるじゃない。あれなんかどうかな？」

時生が首を振る。

「悪くはないが、私はきちんとした出版社から出してやりたい。死ぬ前に手にする本なのだから。それは最終手段に置いておこう」

「そっか……」

どうすべきか、と時生と芽衣が頭を悩ませていると、

「おーい、そこのテロリスト」

からかうような声に、時生と芽衣はハッと振り向いた。

そこに一人の男が立っていた。髪がボサボサで背が高い。にやにやと不敵な笑みを浮かべて、どこか風来坊のような印象だ。

「梶井基次郎の『檸檬』かい？　うちの会社を爆破されたら困るな」

どうやらさっきの光景を見ていたみたいだ。

時生が芽衣の前に立つ。

「我々を公安につき出す気か」

「想像の爆弾は、刑事事件になるのかい？　だったら梶井基次郎は、丸善爆破の大犯罪者だな」

男の笑みが濃くなる。

「それにさっきの光景、胸がすっとしたな。野口さんが爆死するのが、俺にも想像できた。痛快無比とはこのことだ。『檸檬』の世界を体感できた。ありがとな」

そこで芽衣が尋ねた。

「あなたも野口が嫌いなの？」

男が苦り切った顔をする。

「俺の直属の上司だけど嫌いだね。売れさえすりゃ、便所の落書きでもいいと思ってる人間だ。だいたい梶井基次郎の『檸檬』も知らないなんてありえないだろ。出版人としての教養も何もあったもんじゃない。信じられない文化レベルだ。編集者失格で、『人間失格』だ」

太宰治――こいつ、文学が好きなんだろうな。

「我々は忙しい。これからさらに出版社をまわらないとダメなのだ。失礼する」

時生と芽衣が立ち去ろうとすると、彼が止めた。

「ちょっと待った。俺は隣のブースにいたから、君たちと野口さんの会話は耳に入ってた。事情はわかってる。その原稿を読ませてくれないか」

時生と芽衣が、ガバッと同時に顔を見合わせた。

時生達は彼に連れられて、一緒に喫茶店に向かった。

シャンデリアがあって、赤いビロード張りの椅子と、飴色のテーブルが並んでいる。海猫の応援スペースと似ている。純喫茶というやつだ。文学好きはこういう雰囲気が好きなのかな。

男の名前は、吹石勇作。漫画の編集者だって。

ここのカレーは絶品だと吹石が薦めるので、時生と芽衣はカレーを頼んだ。

「なるほど。このクーニャンという作者が、末期ガンで余命いくばくもないのか。そいつは気の毒だな」

芽衣が事情を説明すると、吹石が神妙な表情をする。飄々とした奴だと思ったけど、意外に心があるみたいだ。

「で、君たちは三好達治になって、これを本にしたいんだな」

時生が食いつく。

「おおっ、三好達治が『檸檬』の出版に奔走した逸話も知ってるのか？」

「当たり前だろ。俺は梶井基次郎を敬愛してるんだ」

そこで店員がカレーを持ってくる。

「俺が原稿を読む間、カレーでも食べててくれ」

吹石が、クーニャンの漫画を読みはじめる。読むスピードは速いけど、さっきの野口よりも丁寧だ。

一度読み終えると、また最初から再読する。今度はよりゆっくりと精読するように。それを何度かくり返した。

時生と芽衣は、とっくの昔にカレーを食べ終えていた。ただ吹石があまりに真剣なので、声をかけられないでいる。

やがて吹石が、トントンと慈しむように原稿をそろえた。それを丁寧に封筒にしまう。

芽衣が勢い込んで尋ねた。

「どっ、どうでした。クーニャンの漫画は？」

吹石が、感極まったように言う。

「心が震えた。俺は編集者としてこういう漫画を待っていた」

芽衣が、嬉しそうに顔を輝かせた。

「ほんとですか！」

「時生君、君の言うとおりだな。生々しいまでの死の手触りがある。俺は漫画という表現で、かつての文豪達の作品を超えたいと願っていたが、まさにこれがそうかもしれない」

何ぃ！　絶賛の嵐だ。

「タイトルがないが、一つ提案させてくれないか」

「なんですか？」

芽衣が訊くと、吹石が答えた。

「『冬の日』はどうだろうか」

時生が歓喜の声を上げた。

「おおっ、素晴らしい。まさにぴったりだ」

はいはい、説明しますよ。

『冬の日』は、梶井基次郎の短編ね。『檸檬』にも収録されてるよ。えっ、あらすじを説明してくれって？　たまには自分で読んでみてよ。カジモトの作品は読まないとわかんないんだって。

芽衣が、あたふたとスマホを取り出した。

「早く、クーニャンに教えてあげなきゃ。本になるって」

吹石が鋭い声を出す。

「ちょっと待て！」

芽衣がビクリと手を止める。

「……なんですか」

「……申し訳ないが、本にはできない」

芽衣が非難の声を上げた。

「どうしてですか。褒めてくれたじゃないですか」

「俺、個人としては気に入ってる。こういう漫画が読みたいと心底思う。しかし、うちの出版社で出すことは無理だ。大衆向けのわかりやすい、アニメやゲームなどのメディアミックスを狙えるような作品しか出せないんだ。むかつくが野口さんの言ってることは、出版ビジネスの世界では正論だ」

苦虫を噛みつぶしたような面持ちで、吹石が言う。

いいじゃん。アニメ化されるような作品で。最高じゃん。

「今は、漫画でも文学の魂は死んだのですね……」

無念そうに時生が言い、「梶井基次郎が草葉の陰で泣いてるよ」と吹石が細い息を吐く。

芽衣がしょんぼりした。

「……じゃあ本にはできないんですね」

吹石が否定する。

「できないとは言っていない。うちでは無理だと言ったんだ」

「同じ意味じゃないですか」

吹石が名刺入れを取り出すと、一枚の名刺を引き抜いた。

「ここに行ってくれ」

芽衣がそれを受け取る。

「うちのような大手ではないが、マイナーな作風の漫画をたくさん出版している会社だ。芸術関連の賞も数多く取っている。クーニャンの作風には合っているだろう。ここの社長と俺は個人的な知り合いでね。茂木（もてぎ）さんという方だが、とても優秀で信頼がおける人なんだ。俺が事情を説明しておくから、彼のところを訪ねてくれ」

ありがとうございます、と芽衣が頭を下げる。希望が見えてきた。

吹石と別れると、時生と芽衣はその出版社に向かった。神保町にある雑居ビルだった。ボロボロで今にも朽ち果てそうだ。吹石のいる出版社と比べると、なんかみすぼらしい。

芽衣が、不安そうに見上げる。

「ここ大丈夫なのかな……？」

時生が胸を叩いた。

「吹石氏が信頼がおける人だと明言した。ならば大丈夫だ。梶井基次郎が好きな人に悪人はいない」

「クーニャンは？」

「……何事にも例外があるのだ」

そう時生が答えた。

二人でビルの中に入る。エレベーターがないので階段で上がった。

出版社は一番上階のフロアだった。社員に用件を告げると、狭い応接室に案内される。中に入ると、「おうっ、待ってたよ」と赤ら顔の太り気味のおじさんが出迎えてくれた。

彼が、ここの社長の茂木貫太郎（かんたろう）だった。時生と芽衣は名乗り、ソファーに座った。

「君たちが現代の三好達治か」

茂木が相好を崩した。

「吹石君から話は聞いてる。あんなに辛辣（しんらつ）でへそ曲がりな男が、君たちが持ち込んだ作品を絶賛していた。自分が担当できないのが悔しくてならないとね。うちに入社せず、あんな最大手の出版社に入るからだ。ざまあみろ」

豪快に茂木が笑う。吹石は、そこまでクーニャンの作品を評価していたのか。

「どれどれ、じゃあその吹石君絶賛の、現代の梶井基次郎の漫画を読ませてもらおうか」

芽衣が原稿を渡すと、茂木が読みはじめた。ほんとこの瞬間ってドキドキするよな。僕が描いた漫画じゃないけどさ。

読み終えると、茂木がうなり声を漏らした。

「たしかに吹石君が悔しがる理由もわかるな。これは人の魂を震わせる漫画だ」

芽衣が、期待に満ちた顔をする。

「じゃあ本にできますか？」

「これはぜひうちから出版したい。君たちが三好達治ならば、俺は淀野隆三だな」

三好達治と一緒に、『檸檬』を本にするために頑張ってくれた人だよ。

「ダメですよ」

部屋に誰かが入ってきた。パンツスーツを着て、髪を一つにくくった三十代ほどの女性だ。いかにも厳しそうな顔をしている。

「ダメかな。三木谷」

茂木がねだるように言うと、三木谷がはねつける。

「プロでもない、アマチュアの漫画家の原稿をいきなり本にするなんてありえません」

芽衣が抗議の声を上げる。

「そんな、読んでもいないのに」

三木谷がメガネ越しに、冷めた目で返す。

「クーニャンっていう漫画家さんは、大学生か何か？」

「そうですけど」

「ＳＮＳのフォロワー数は？」

「……たぶん百ぐらいかと」

三木谷があきれ果てた。

「吹石さんが絶賛する作品なんですから、それはいい漫画なんでしょ。でもね、無名の作家が本を出して、利益になると思うの？」

茂木がとがめる。

「おいおい、うちは売れなくても秀作を出すことを社是にしてるんだぞ」

「黙ってください！　それにしたって採算ベースに乗せられない本を、出すことはできません」

「ごめんなさい」

茂木がしゅんとなって謝る。あれっ、社長じゃないの？　淀野隆三になるんじゃないの？

「せめてフォロワー数をもう少し増やしてから来なさい。今の状態では出版なんて到底無理だわ」

三木谷が冷たく断ると、時生と芽衣は意気消沈した。

6

「本の出版ダメだったの？」

海香ががっかりした。

一度現在に戻り、珊瑚と海香にこれまでの経緯を話した。

「まあ当然でしょうね。商業出版の経験がない、何かの賞を取ったこともない人が、いきなり本を出すなんて」

珊瑚が冷静な口ぶりで言うと、海香が声を荒らげる。

「じゃあアマチュアの人は本を出せないの？　不公平じゃない」

「いや、最近はSNSでバズって出版するケースもあるから、昔よりは門戸は広がってるよ」

「なるほど。ネットね」

「フォロワー数が莫大なインフルエンサーだったら、出版社は喜んで出版してくれるだろうね。内容は二の次で、本を買ってくれるファンさえいればいいから」

時生が声に熱を込めた。

「それだ。あの三木谷氏も、フォロワー数を増やせと言っていた」

「せちがらいねえ……それって珊にいの専門分野じゃん」

海香が声を張り上げると、珊瑚はすでに思案顔になっている。

「クーニャンの漫画自体はバズるという感じではないから、クーニャン本人が顔出して、動画でバズを狙うしかないかな」

時生が苦い顔になる。

「それはクーニャンが絶対に嫌がるな」

そうだね。あーしがなんでそんなことせなあかんのや、と暴れ回りそうな姿が目に浮かぶよ。

「もしクーニャンが説得に応じてくれたら、一番いいのは……」

珊瑚が途中で言葉を飲み込むと、時生が訊いた。

「どうしたのだ、珊瑚？」

「いや、なんでもないです」

珊瑚がごまかした。なんだ？　様子がおかしいな。

「とにかく兄さん、まずはクーニャンに現状を伝えたらどうですか」

「そうだな。過去に行ってくる」

時生が立ち上がった。


「なんやと。なんでフォロワー数少なかったら、本が出せへんのや」

クーニャンが仏頂面になると、芽衣も不満げな様子で言う。

「なんかよくわかんないけど、出版ってそうなんだってさ……」

「なんや、それ。出版とSNSは関係あらへんやろ」

様子を窺うように、芽衣が訊いた。

「……クーニャンって、動画とかアップしたりしないよね」

「なんであーしが、そんなんせなあかんねん」

うむ。予想通りの反応。すると芽衣が、意を決するように言った。

「わかった。じゃあ私が動画をアップして、インフルエンサーになる」

時生が耳を疑う。

「芽衣がやるのか、でも一体何を？」

「バンジージャンプをしたり、泥だらけのプールにダイブしたり、ファミレスのメニューを全部食べたりすればいいんでしょ」

　お笑い芸人みたいだな。

「そんなことを芽衣がやる必要はない」

引き止める時生に、芽衣が必死の形相で返した。

「でもこのままじゃ、クーニャンの本が出せない。本を手にできないまま、クーニャンが死んじゃうんだよ！」

　その悲痛な叫びに、うっと時生が声を詰まらせた。芽衣は頬を震わせ、目が潤んでいた。

　するとクーニャンが口を開いた。

「わかった。あーしが動画に出る。それで人気もんになる」

　時生が目をパチクリさせる。

「いいのか。クーニャン」

「かまへん」クーニャンがうなずく。「もう動画のチャンネル名も決めた」

「なんだ？」

「『クーニャンの末期ガンでくたばる前に、本を出版したいチャンネル』や。末期ガン患者やと前面に打ち出して、あーしが弱って死んでいくこの半年間を、全部動画にしてアップする」

時生が仰天した。

「いいのか？　そんなことをして」

「かまへん。よう考えたらどうせ死ぬんやから、いやもへったくれもあらへん」

芽衣が引き止める。

「別にガンのことは言わなくてもいいじゃない」

「アホか。短期間でフォロワー数爆上げせなあかんのやぞ。使える武器は全部使う。同情でもお涙頂戴でもなんでもええ。あーしは、ただ本を出すだけでは納得でけへん。それがとんでもなく売れて、未来永劫（えいごう）読まれ続けて、宇宙にも丸富クーニャンの名前を轟かせたいんや」

「梶井基次郎の『檸檬』だな」

時生が快活に言い、クーニャンがうなずいた。

「そや。あーしは死んでこの世からおらんくなるけど、芸術は生き続ける。それが作家の醍醐味やろ」

そこで僕は、はたと気づいた。たぶん珊瑚は、同じアイデアを思いついたんだろう。でもあまりにも酷い考えなので、口をつぐんだんだ。

芽衣が鼻息荒く言った

「わかった。じゃあ私がクーニャンを撮影する。編集も覚えて、いいものを作るよ」

「芽衣がスタッフやるんやったら、いっこ条件がある」

「何、条件って？」

クーニャンがズバリと言う。

「絶対に泣くな」

「……泣かないよ」

語気を弱める芽衣を、クーニャンが追撃する。

「ほんまか。あーしが弱ってガリガリになって、歩けんくなって、ベッドから起きれんくなっても、おまえは泣かへんのか。淡々とあーしにカメラを向けて、それを編集できんのか？」

その姿を想像したのか、芽衣が黙り込んだ。

「……芽衣、私がやろう」

見るに見かねて時生が申し出ると、芽衣が訊いた。

「時生にできるの？」

うっと時生が言い淀む。パソコンで小説も書けない人間に、できるわけがない。

芽衣が断言した。

「泣かない。私、絶対に泣かない」

その覚悟を確かめるように、クーニャンは芽衣の瞳を覗き込んだ。芽衣も負けじと見つめ返す。火花が散り、こげ臭さがするほど、お互いの視線が交錯する。

その瞬間、ふっとクーニャンが目の力を抜いた。それからニッと口角を上げた。

「わかった。芽衣、おまえに頼むわ」

「よしっ、人気チャンネルにして絶対出版しよう」

クーニャンと芽衣が、拳と拳をぶつけた。

「よっしゃ撮影や。芽衣、スマホ回せや」

「えっ、もう撮るのか」

時生が驚くと、クーニャンが間髪を容れずに返した。

「アホか。あーしには残された時間がないんや」

芽衣がスマホを向けると、クーニャンが元気よく、脳天気に言った。

「どうも、末期ガン丸坊主美女、クーニャンでーす！　現代のカジモトでーす！　これからあーしがくたばるまで、みんな見たってやあ！」

それからクーニャンと芽衣は、動画撮影に励んだ。

クーニャンのキャラクターも女性の坊主姿も、末期ガン患者なのに底抜けに明るいのも話題を呼んだ。

芽衣も動画に登場し、二人でやりとりをすると、どんどん再生数が伸びていった。まあ、芽衣は可愛いもんな……。

クーニャンが酒を飲みながら、アンチコメントと喧嘩する動画も人気を集めた。話題の時事ニュースも取り上げ、クーニャンの視点でめった斬りにした。とにかく再生回数を上げてバズることだったら、なんでもやった。

時生は、ずっと二人に付き添いたい様子だったけど、コイモドリには一週間という期限がある。時間を細切れに使い、要所要所で立ち会った。

ちなみに記憶の補正効果が働いているので、クーニャンと芽衣は、時生もずっと側にいると思っている。

一ヶ月経つと、登録者数が三万人を超えた。時生と芽衣は、もう茂木と三木谷のもとを訪ねて、出版の話をしようと提案したけど、クーニャンは首を縦に振らなかった。

「登録者数十万人を超えてからや。それやないと、向こうも納得せえへん」

「むむっ、そうか、それはどうだろうか」

時生が眉間にシワを寄せ、腕組みをする。早く出版にこぎ着けなければ、クーニャンの死に間に合わない可能性もある。でも次に断られたら、他の出版社を探す時間もない。

あれから一月経ったけど、クーニャンはまだまだ元気そうだ。

「わかった。早く十万人を超えさせよう」

芽衣が、硬い表情でうなずいた。芽衣の中には、揺るぎない信念が生まれた。そう感じられてならない。

時生が提案した。

「では今日は旅行をしようではないか。天気予報を見たのだが、ちょうど旅行日和だ」

クーニャンが笑顔になる。

「えーやんか。あーしも元気なうちにみんなと旅行に行きたいわ。動画の企画としてもええしな」

芽衣が時生の方を向く。

「で、時生、どこに行くの？」

「熊本だ」

そう時生が答えた。

ハッと気づくと、目の前には広大な草原が広がっていた。その一面の黄緑色の中に、ポツポツと茶色が見える。馬がいるんだ。

ググッと視線を上げていくと、緑の色が徐々に濃くなり、深緑色の小高い丘が見えた。さらに上を見ると、どんよりとした曇り空が広がっている。

ここは熊本県阿蘇にある、草千里ヶ浜(くさせんりがはま)だ。

僕は軽く空中に浮き、改めて辺りを見回した。

緑、緑、緑……まさに緑の海だ——。

葉山の青い海も素晴らしいけど、この景色はまた格別だ。

クーニャンと芽衣は、飛行機と電車でここに来たけど、時生は時間節約のため、コイモドリで一回現在に戻ってからやってきた。

芽衣が、感嘆の声を漏らした。

「すごい。私、草千里ってはじめて来た。こんな場所があるんだね」

時生が得意がる。

「うむ。この景色はここでしか見られないものだ」

クーニャンが、不満そうに手のひらを上に向けた。

「……この天気やなかったらな」

ポツポツと、霧のような小雨が降っている。そうそうどうせ来るんだったら、晴れの方がよかったんじゃないの。

「おまえ天気予報調べたんとちゃうんか」

「調べた。調べたから今日にしたのだ」

「なんでやねん。雨降ってるやんけ」

時生がコホンと咳払いをし、明瞭な声で朗読した。

「『もしも百年が　この一瞬の間にたつたとしても　何の不思議もないだらう
雨が降つてゐる
雨が降つてゐる
雨は蕭々と降つてゐる』」

クーニャンがあっと驚いた。

「三好達治の『大阿蘇』か」

「うむ。そうなのだ。三好はこの景色を見て、悠久の歴史に残る詩を生み出した。そして私はこう想像する。三好は親友である梶井基次郎に、この雄大な景色を見せたかったのではなかろうかと」

「『大阿蘇』は、カジモトが死んだ後に作ったんか?」

「そうだ。だからその三好の残念さも、『大阿蘇』には込められている気がするのだ。クーニャンと芽衣を見ていて、私は『大阿蘇』の理解が深まった気がする」

「なんでうちらを見てそう思うねん」

「クーニャンは現代の梶井基次郎で、芽衣は現代の三好達治だからな」

時生が辺りを見回した。

「うすら黄ろい重つ苦しい噴煙、けぢめもなく降り続く雨。そして、雨に洗はれた青草を食べる馬たち。二人にこの景色を見せてあげたかった。三好達治ができなかったことを、私はやってあげたかったのだ」

クーニャンと芽衣が顔を見合わせて、にんまりと笑った。感謝と嬉しさが、伝わってくる笑顔だ。

「おい、時生、やるやないか。あーしの頭ジョリジョリさせたろ」

クーニャンが頭をつきだし、時生がうろたえた。

「えっ、遠慮する」

「ねっ、三人で並んで、しばらくの間黙って、この景色を眺めようよ」

「そうやな」

クーニャン、時生、芽衣が立ち、草千里の景色を楽しむ。僕もその間に入れてもらい、じっと見入った。

雨は蕭々と降つてゐる——。

7

「えっ、登録者数十万人？　この短期間で？」

三木谷が驚くと、ふわっとそのメガネが浮いた。

時生と芽衣は、茂木と三木谷を再び訪れたんだ。目標だった登録者数十万人を突破して。

芽衣がうきうきと尋ねた。

「これだったらクーニャンの漫画、出版してもらえますか？」

茂木が、加勢するように確認する。

「いいよな、三木谷、ちゃんと条件クリアしたんだから」

うっと三木谷がたじろぎ、ハアと濁った息を吐いた。

「わかりましたよ。ほんと、吹石さんも出版しろ、出版しろってしつこくって」

「吹石さんがですか？」

耳を疑うように、芽衣が言う。

「そうよ。損失を出したら、その分を俺のポケットマネーで出すって言って。ちょっと入れ込みすぎよ」

ふーん、あいつ、普段やる気がなさそうだけど、いざとなったらやるってタイプの奴か。探偵アニメの主人公みたい。

三木谷が口角を上げ、気合いを入れた。

「発売するんだったら売って売って売りまくるわよ。これを現代の『檸檬』にするわ」

おおっと全員で声を上げた。

出版は二ヶ月後に決定した。それが最速だった。

早くクーニャンに報告しよう。芽衣がクーニャンに電話をしたけど、なぜか出なかった。そこで時生と二人で、家に向かう。

扉を開けるや否や、芽衣が明るい声を上げた。

「クーニャン、出版が決まった。本が出るよ」

その直後、芽衣の表情が硬直した。リビングにクーニャンが倒れている。顔が死人のように青ざめ、ダラダラと脂汗を垂らしていた。

急いで時生が声をかけた。

「どうした、クーニャン」

「こっ、腰が痛い……」

「病院だ。芽衣、病院に連絡するんだ！」

時生が高い声を上げると、芽衣があわててスマホを手にした。

「そっか、クーニャン、ホスピスに入ったんだ」

海香が冴えない表情で言う。

クーニャンは激痛が出て、その場で動けなくなった。とうとうガンの末期症状が出て来たのだ。これまで平気だったのが奇跡だった。

それでホスピスに入院することになった。それを見届け終えると、時生は現在に戻り、珊瑚と海香に現状報告をした。

「……正直クーニャンは元気そのものだったので、油断していた」

声を落とす時生に、珊瑚が尋ねた。

「それで兄さん、どうされますか？」

「どうとは、どういうことだ？」

「もう本は作ることが決定したんです。だったら兄さんが、これ以上コイモドリをする必要はないんじゃないですか。今、海猫にいる芽衣さんに、本ができたかどうか確認すればいい。おそらくそれは大丈夫でしょう」

海香も口添えする。

「そだよ。クーニャンが生きているうちに、漫画本を出版するっていう目的は達成したじゃない」

すると時生が、優しく微笑んだ。

「ありがとう。おまえ達に気を遣わせたな。私はクーニャンの死にゆく様を見る覚悟はできている。もう彼女は、私にとっても大切な親友だ」

そうか。何もあえて過酷な経験をする必要はない。珊瑚と海香は、暗にそう言いたかったんだ。

「だから私は自分の手で、芽衣さんと一緒に、クーニャンに本を届けたい」

「……兄さんがそこまで言うなら」

珊瑚が柔らかな笑みを浮かべ、海香が時生の背中を叩いた。

「ちゃんとクーニャンを見送ってきてあげなさい」

「ああ、わかった」

頼もしそうに、時生がうなずいた。

時生は、クーニャンが倒れてから一ヶ月後に移動した。

本が完成するのは一ヶ月後だけど、まだコイモドリのタイムリミットに余裕がある。念のために少し早く来たんだ。

ホスピスの施設に行くと、クーニャンと芽衣は庭にいた。

よく手入れがされている花壇には、色とりどりの花が植えられていた。白いベンチでは、患者とその家族らしき人が談笑していた。なんて心が安らぐ場所なんだろう。患者が最後の安寧(あんねい)を得られる工夫が、いたるところにされている。

少し大きめの木の下に、芽衣とクーニャンはいた。

クーニャンの姿を見て、僕は息を呑み込んだ。

もう歩けないのか、車椅子に乗っている。パジャマ姿で、毛糸の帽子をかぶっていた。肉がそげおち、顔が嘘のように青白い。肌が何か透けて見える。目の下には隈ができて、頬骨が浮いて見える。

あの型破りでめちゃくちゃで、愉快で楽しいクーニャンが、こんな、こんな見るも無惨な姿になるなんて……。

珊瑚と海香が、時生を心配していた理由がわかった。

僕は……ごめん……ごめんなさい……正直こんな姿のクーニャンを見たくはなかった。

クーニャンの変貌ぶりに、時生が声を失っていると、「あっ、時生」と芽衣が気づいた。

「ああ、ここにいたのか」

時生が我に返ると、芽衣が破顔した。

「時生、今日はクーニャン容態いいみたい。ねえ、クーニャン」

「ああ、そやな」

なんて苦しそうな声だ……本当に、あのクーニャンなのか？

「ごめん。時生、ちょっとクーニャン見てて、私スマホ忘れてきちゃった」

時生とクーニャンの二人きりになる。時生は、まだ動揺が収まっていない様子だ。

おそるおそる、時生が声をかけた。

「……クーニャン、大丈夫か？」

「大丈夫なことあるか……あーし、もうすぐおっ死(ち)ぬんやぞ」

クーニャンが弱々しく笑う。ただその笑顔を見て、時生は気が楽になったようだ。

「でも時生、モルヒネって凄いんやな。ほんまあんなのたうち回るほどの痛みが、ピタッてなくなるからな……」

「やはり凄いなクーニャンは……」

「何がや」

「死ぬのをちっとも怖がってるようには見えない」

クーニャンが少し黙った。心を触診して、その手触りを言葉にするような、そんな静かで、透明な間だった。

「芽衣がおるからな。あいつ、たぶんあーしが弱っていく姿を見て、辛くて泣きたいんやと思う。でもな、絶対に泣かないっていう約束を守って、歯を食いしばって耐えてくれとる。だからな、あーしも死の恐怖に耐えられるんや」

時生がしみじみと言う。

「そうか、二人とも強いな……」

「時生、あんがとな……」

「何がだ?」

「あのときガンだと芽衣に告げろって、怒ってくれたやろ。あーし、一人やったら絶対耐えられんかった」

僕は、なんだか泣きそうになった。

過去を変える前のクーニャンは、一人で死の恐怖と向き合い、孤独のまま死んでしまった。それはどれほど辛く、どれほど心細いことだったんだろう。

死の運命は変えられない。でも時生は、クーニャンを助けてあげられたんだ。なんだか僕は、不思議なほど誇らしい気持ちになれた。

時生の目も潤んでいるけど、なんとか涙をこぼすのを堪えている。

そうだ。芽衣も時生も耐えているんだ。僕も踏ん張ろう。

「時生、お願いがあるんや……」

時生がグズッと洟(はな)を啜る。

「なんだろうか。私にできることならなんでもするぞ」

「あーしが死んだらな、遺灰を桜の木の下に埋めてくれへんか」

「梶井基次郎の、『桜の樹の下には』だな」

時生が目尻を下げた。

グズッ。いや、勘違いしないでよ。泣いてないからね。今から小説の説明をするよ。

『桜の樹の下には屍体(したい)が埋まっている！』

この強烈な一文からこの小説ははじまる。なぜ桜の花があれほど美しいのか。それは桜の樹の下に屍体が埋まっていて、桜の根はその液体を吸っている。そう主人公が妄想するという短編だ。

都市伝説とかで、桜の樹の下に眠る屍体の話とかあるけど、元ネタはこの小説。梶井基次郎の想像力ってマジで凄いよね。

時生が、その小説の一文を諳(そら)んじはじめた。

「『俺は毛根の吸いあげる水晶のような液が、静かな行列を作って、維管束(いかんそく)のなかを夢のようにあがってゆくのが見えるようだ』」

クーニャンが同意する。

「そう、あーしも死んで、維管束のなかを夢のようにあがって、パッと満開の桜になったるんや」

「わかった。必ず桜の木の下に埋めよう」

「頼んだで」

クーニャンが、弱々しく微笑んだ。

そこから一度現在に戻り、再び時生はコイモドリをした。それはクーニャンの漫画『冬の日』が刷り上がる日だ。

できたらまっ先に見本を届ける。三木谷がそう芽衣に言ったそうで、芽衣と時生は、ホスピスの玄関先で待ち続けた。

そこに配達のバイクがやってきた。芽衣は荷物を受け取ると、足早にクーニャンの病室に向かう。

クーニャンは、ベッドで静かに寝ていた。この前よりも痩せ衰え、もう肌は土気色(つちけいろ)をしている。腕と足は枯れ木のように細い。

芽衣が腰をかがめ、声をかける。

「クーニャン、クーニャン。本だよ。本ができたよ」

クーニャンが目を開けた。体を起こそうとするけど、もうそんな体力もないみたいだ。芽衣がベッドのボタンを押して、体を起こしてやる。

クーニャンが、あえぐように口を開いた。

「ほ、ん、が……」

ヒューヒューと、壊れた笛の音のような乾いた息が漏れ聞こえる。

そんな……もうクーニャンは、話すことができないんだ……。

ただ僕はショックを受けたけど、時生と芽衣は大丈夫だ。二人とも、僕なんかよりずっと強いんだ。

芽衣がビリビリと豪快に封を破ると、本が十冊ほどあらわれた。

青い、大判の本だ。表紙には主人公である宇宙人が描かれ、冬の日と題字されている。

静謐な水の匂いと、しんと冷たくはりつめた、冬の空気が伝わってくる。本を見て魂が震えたのははじめてだ。

芽衣が一冊を手に取り、クーニャンの布団の上に置いた。

それから芽衣と時生が、同時に声を張り上げた。

「『君の本が出る。永久の本、確かにこれは永久に滅びない本だ』」

それは三好達治が、死にゆく梶井基次郎に贈った言葉だ。『檸檬』の本とともに。

永久の本……永久に滅びない本……そうだ、クーニャンの漫画は、永久の本だ。現代の『檸檬』だ。クーニャンは死ぬ前に本を手にして、本当の梶井基次郎になれたんだ。

クーニャンは震える手で、ゆっくりと本を手に取った。それから愛おしむように、ページをめくった。

ちょうど西日が射し込み、病室がオレンジ色に染まる。ペラッ、ペラッと、本をめくる音が、リズミカルに響いている。

蜜柑色に包まれたクーニャンが、檸檬のような自著を読んでいる。肉が落ちきった頬を、幸せそうにゆるめて。

時生、本当だね。作家にとって、本ってこんなにも大切なものなんだね……。

時生と芽衣は、そんなクーニャンをただただ見守っていた。

そしてその三週間後、クーニャンはこの世を去ったんだ。

8

時生と芽衣は公園にいた。

クーニャンと芽衣の家の近所にある公園だ。クーニャンと芽衣は、コンビニでお酒とつまみを買って、ここでよく飲んでいたそうだ。

そういえば、最初に時生とクーニャンが出会ったときもそうだったよね。思い出の公園だ。

時生はクーニャンに漫画を手渡すと現在に戻り、クーニャンの死から二ヶ月後にやってきた。

時生が顔を上げると、そこには満開の桜が広がっていた。

まるで空を、淡いピンク色で染め上げたようだ。春風がそよぎ、花びらが舞い散っている。

桜の香りを嗅ぐと、心が洗われるようだ。

時生が心を込めて言う。

「『桜の花があんなにも見事に咲くなんて信じられないことじゃないか』」

梶井基次郎の、『桜の樹の下には』の一節だ。

芽衣がうなずいた。

「ほんとだね。この樹の下には屍体が埋まってて、その血を吸っている。そんな風に思えてくるね」

今日の目的は、クーニャンの遺言通り、遺灰を桜の樹の下に埋めることだ。桜が満開になるこの時季まで、芽衣は待っていた。

時生が、さらに目線を上げる。

「『空は悲しいまで晴れていた』」

この言葉も、梶井基次郎の『城のある町にて』にあるんだ。死の運命を背負ったカジモトには、雲一つない空がそう見えるんだろう。カジモトだけに許された表現。

「うん。梶井基次郎日和だね」

芽衣も空を見上げたけど、何かに気づいた。

「あっ、でもクーニャンって、もうほぼ宇宙人じゃん。たぶん血も緑色だからさ。遺灰を埋めたら、この桜、薄緑色になるんじゃないかな」

時生がふきだした。

「うむ。そうかもしれない。試してみよう」

冗談が言えるんだから、芽衣は大丈夫そうだ。

時生がシャベルで土を掘り、骨壺を埋める。もちろん公園の人には内緒だ。

そこにコンビニで買ったビールと、おつまみのチーズ鱈。それとクーニャンの漫画『冬の日』を置いた。

時生と芽衣が手を合わせて、クーニャンの冥福を祈る。僕も同じく祈った。天使だからいつもは祈られる側だけど、今日は精一杯祈るよ。

芽衣が桜を見ながら言う。

「緑にならないね」

「クーニャンは人間だったんだな」

「そうだね……」

不意打ちのような沈黙が訪れる。芽衣は満開の桜をじっと見つめ、時生もそれにならった。長い、永遠のような静けさの後、芽衣がぽつりと口を開いた。

「……ねえ、時生」

「どうしたのだ？」

「あれ、もういいかな」

「あれとは？」

「クーニャンとの約束。絶対に泣くなってやつ。私ずっと、必死に我慢してたんだけどさ。クーニャンもうこの世にいないしさ、いいよね」

芽衣の顔がゆがみ、その目からは涙があふれ落ちそうになっている。

「いい。もう解禁だ」

時生も、芽衣と同じ表情になっていた。

芽衣はスゥッと息を吸い込むと、ワアッと泣き叫んだ。

「クーニャン！　なんで死んじゃったの。なんで私を置いて逝っちゃうの。やだよぉ！　クーニャンともっと遊んで、もっと喧嘩して、もっと笑い合いたかった。私、寂しいょお！」

ボロボロと涙がこぼれ落ちる。まるで、子供がなきじゃくるみたいに。

無理もないよ。だって、芽衣は、本当に、目に涙を浮かばせることすら、ずっと耐えてきたんだから。

時生も泣いている。涙と鼻水が、ダラダラと流れ落ちる。地面に置いた漫画本を、震える手で取り上げ、芽衣の方に表紙を向ける。

「……芽衣、クーニャンは死んでも漫画は残っている。これは永久の本だ。永久に滅びない本だ。だからちっとも寂しくないんだ」

「でも、でも、私、クーニャンに会いたい！　クーニャン、クーニャン、なんで死んじゃったの！　クーニャン、帰ってきてよぉ！

お願いだよ、クーニャン！」

今まで溜めていた悲しみの涙が堰を切ったようにあふれ、芽衣が泣きわめく。

クーニャン、僕も、僕も君のことが好きだったんだ。

君の坊主頭も、君のおかしな言葉や型破りな行動も。全部、全部、芽衣や時生に負けないほど大好きだった。

なんでクーニャンみたいな最高に面白くて、最高に愉快な奴が死んじゃうんだよ。

天使失格になるかもしんないけど、これだけは言わせて欲しい。

神様、なんで、死の運命は変えられないんだ！　なんでぇ……どうしてなんだよぉ……。

僕の瞳からも、ボタボタと涙があふれてきた。悲しくて、辛くて、涙が止まらないんだ……。

芽衣と時生と僕は、美しい桜の下で、いつまでも泣いていた。

9

時生は、葉山の浜辺に座っていた。

泣いて目が腫れて、鼻の先がまっ赤になっている。

僕は珊瑚と一緒に、その様子を眺めていた。この距離からでも、時生の落ち込み具合がわかる。

そこに海香がやってきた。ひそひそと小声で尋ねる。

「どう、時にいの様子は？」

「ちょっと落ちついたみたいだね」

桜の樹の下で号泣した後、時生は現在に戻った。ちょうどそれが、コイモドリの時間切れとなった。

朝起きて、いよいよ芽衣に告白となったところで、とんでもないことが判明した。なんと芽衣には彼氏がいたんだ。それは、漫画の編集者の吹石だった。クーニャンの漫画の件で、芽衣と吹石が付き合うようになった。漫画を出せたのはいいけど、それは芽衣と吹石が出会うきっかけともなり、それで未来が変わってしまった。

あんなに大変な思いをしたのに、吹石に芽衣をとられたのか……。

芽衣は迎えに来た吹石と共に、海猫を出ていった。二人仲良く手を繋いで。それを見送った後、時生は一人海を眺めだした。

海香が不安そうに言う。

「時にい、大丈夫かな。今日あの日だよね」

珊瑚が、神妙にうなずいた。

「うん。新人賞の一次審査の発表の日だからね」

そうだ。それがあった。クーニャンの死と芽衣への失恋、それに落選まで加わったら……それはヤバすぎる。

「ようっ、晴渡きょうだい。何、こそこそと内緒話してんだよ」

そこに雄大があらわれた。一瞬、熊が山から海に出て来たのかと思った。隣には気だるそうな葉月がいる。朝が弱いのによく来たな。

雄大が目を細めて、時生の方を見る。

「なんだ、あいつまた失恋したのか？」

さすが親友。一瞬で見抜いた。

「あんな可愛い子、無理に決まってんだろ」

ハアと葉月が嘆き、雄大が提案する。

「落選を励ます会と失恋を励ます会、兼用でいくか」

雄大が、軽く雑誌を持ち上げた。

「雄大さん、それ持ってきてくれたんですか？」

珊瑚が尋ねると、雄大が得意そうにヒゲを触った。

「ああ、書店開いてすぐに買ってきたよ」

それは文芸誌だ。そこに一次審査通過者の名前が掲載されている。

「雄大さんはもう見たの？」

海香が訊くと、雄大が首を振る。

「まだだよ。まず先に時生が見ねえとな」

海香が他の三人を見回した。

「みんないい？　時にいが自分の名前がないことを確認したら、海に飛び込んで死ぬかもしれないから、全員で捕まえるのよ」

雄大がぎょっとする。

「おいおい、そこまでかよ。今回の失恋は」

「そう。心のダメージが凄いのよ、今の時にいは」

まあ、そうだよな。正直僕もまだ立ち直ってない……。

「行くわよ」

海香が声をかけ、珊瑚、雄大、葉月がうなずく。

四人で時生のもとに近づくと、海香がそろそろと声をかけた。

「時にい、調子はどうですかぁ？」

鼻をまっ赤にした時生が、不機嫌に返す。

「いいわけがない」

雄大が押しつけるように、雑誌を渡す。

「ほら時生、今日発表だろ」

「……そうか、新人賞の一次審査発表の日か」

時生が立ち上がり、尻の砂を払う。そして雑誌をめくりはじめた。全員がドキドキした様子で見守る。

すると時生の目が、カッと大きく見開かれた。目が充血し、口元と手が震えている。それからフラフラと海の方へ歩こうとした。

「みんな、捕まえて」

海香が声を上げ、四人が時生に飛びかかる。

時生がわめいた。

「何をするのだ！」

海香が、脇から時生の腕を抱える。

「死んじゃダメよ。生きてればいいことあるんだから」

珊瑚も懸命に引き止めた。

「そうですよ。兄さん、今回ダメでも、また次があります」

「違う。おまえ達は勘違いをしている！」

時生が叫び、そこで一同が手を離した。海香がきょとんとして訊く。

「勘違いって？」

時生が雑誌を開いて、ある箇所を指さした。そこにはこう書かれていた。

『晴渡時生』って……。

わなわなと海香が声を震わせる。

「それって、まさか」

時生が歓喜の雄叫びを上げる。

「そうだ！　私は生まれてはじめて一次審査を通過したのだ！」

「兄さん！」

珊瑚が時生に抱きつく。その目には涙が浮かんでいる。えっ、珊瑚、ちょっと喜びすぎじゃない。珊瑚が泣くなんて、はじめて見たんですけどぉ。

「やった！　やった！　十年目ではじめて一次審査を通ったぞ！」

時生が、波打ち際を駆け回った。珊瑚も、海香も、雄大も、葉月も感情を爆発させ、はしゃぎまわっている。

うおぉっと海にダイブしたり、波をかけたりして、びしょ濡れになって暴れていた。海辺を散歩している人達が白い目で見ている。

いい年した大人が何やってんだよ。ほんとバカだな、こいつら。

でもさ、僕はこんなバカなこいつらが、大好きなんだよな……。

ギャアギャア騒ぎまわる時生達を、僕はしかたなさそうに、そして笑って眺めていた。

参考文献

【凡例】
「作品名」（作者、底本、版元）
※括弧内に〈青空文庫〉と記したものについては、ウェブサイト「青空文庫」（https://www.aozora.gr.jp/）所蔵のテキストを参照した。

【第一話】
「こころ」（夏目漱石、『こころ』、集英社文庫〈青空文庫〉）

【第二話】
「春琴抄」（谷崎潤一郎、『ちくま日本文学０１４　谷崎潤一郎』、筑摩書房〈青空文庫〉）
「大阿蘇」（三好達治、『三好達治全集　第一巻』、筑摩書房〈青空文庫〉）
「酒場」（「室井犀星、『抒情小曲集・愛の詩集』、講談社文芸文庫〈青空文庫〉）
『愛の詩集　室生犀星詩集』（室生犀星、角川文庫）

【第三話】
「蜜柑」（芥川龍之介、『現代日本文学大系43　芥川龍之介集』、筑摩書房〈青空文庫〉）

「海豹」〈萩原朔太郎、『萩原朔太郎全集　第二巻』、筑摩書房〈青空文庫〉〉
「谷崎潤一郎氏」〈芥川龍之介、『芥川龍之介全集　第十巻』、岩波書店〈青空文庫〉〉
「しるこ」〈芥川龍之介、『芥川龍之介全集　第九巻』、岩波書店〈青空文庫〉〉

【第四話】

「檸檬」「城のある町にて」「桜の樹の下には」〈梶井基次郎、『檸檬・ある心の風景　他二十編』、旺文社文庫〈青空文庫〉〉
「朱欒後記」〈北原白秋、『新潮日本文学アルバム25　北原白秋』、新潮社〉

この作品は書き下ろしです。

幻冬舎文庫

●最新刊
神奈川県警「ヲタク」担当　細川春菜7
哀愁のウルトラセブン
鳴神響一

特撮番組の特技監督がカメラクレーンのアームで殺された事件の手がかりは、いずれもウルトラセブンに関連。特撮ヲタクの捜査協力員への面談を重ねる細川春菜が突き止めた意外な犯人像とは？

●最新刊
ウェルカム・ホーム！
丸山正樹

特養老人ホーム「まほろば園」での仕事は毎日が謎解きのようだ。けれど僅かなヒントから答えを得た時、新米介護士の康介は仕事が少し好きになり……。声なき声を掬うあたたかな連作短編集。

●好評既刊
魂の退社
会社を辞めるということ。
稲垣えみ子

会社を辞めて食べていけるのか？　お金がなくても幸せな人生とは？「50歳、夫なし、子なし、無職」になるまでの悪戦苦闘を明るくリアルに綴る。すべての働く人に贈る、勇気と希望のエッセイ。

●好評既刊
さよならごはんを明日も君と
汐見夏衛

心も身体も限界寸前のお客様が辿り着く夜食専門店。悩みを打ち明けられた店主の朝日さんは、その人だけの特別なお夜食を完成させる。忘れられない優しさと美味しさを込めた成長物語。

●好評既刊
帆立の詫び状
おっとっと編
新川帆立

三年で十冊の本を刊行してきた著者は、ある日突然頑張れなくなった。文芸業界、執筆スタイル、己の脳に至るまで様々な分析を試み辿り着いた現在地とは。笑えて泣ける、疲れた現代人必読の書。

コイモドリ

時(とき)をかける文学恋愛譚(ぶんがくれんあいたん)

浜口倫太郎(はまぐちりんたろう)

令和6年7月15日　初版発行

発行人――――石原正康
編集人――――高部真人
発行所――――株式会社幻冬舎
〒151-0051東京都渋谷区千駄ヶ谷4-9-7
電話　03(5411)6222(営業)
　　　03(5411)6211(編集)
公式HP　https://www.gentosha.co.jp/
印刷・製本―TOPPANクロレ株式会社
装丁者――――高橋雅之

幻冬舎文庫

ISBN978-4-344-43398-4　C0193　は-41-1

この本に関するご意見・ご感想は、下記アンケートフォームからお寄せください。
https://www.gentosha.co.jp/e/